リターン

五十嵐貴久

リターン

目次

プロローグ　発見

宮野大輔《みやのだいすけ》は今年の三月、七十歳になった。

六十五歳で勤めていた会社を辞め、その後は都下八王子市の自宅マンションで妻と暮らしている。子供は二人、息子と娘だが、今はどちらも独立して自らの居を構えていた。数ヶ月に一度、息子と娘が自分たちの子供を連れて遊びにやってくる。宮野にとってそれだけが楽しみだった。

後は何もない。老妻と二人、寄り添うように生きていくだけだと思っていた。

幸い、マンションのローンは完済していた。別にぜいたくをするわけでもない。年金だけで十分にやっていけた。

持病は特にない。強いて言えば糖尿の気があったが、それもたいしたことはなかった。

酒は飲まない。煙草も吸わない。内臓の数値も異常なところはなかった。きわめて健康な七十歳だった。

そんな宮野にとって唯一の趣味は山歩きだった。週に一度、電車で高尾まで行き、山を歩く。最初は足腰の衰えを防ぐために始めたことだったが、今では歩くことそのものが楽しみとなっていた。

四月十三日金曜日の朝、宮野は軽装のまま家を出た。高尾まで行ってくる、と妻には言い置いていた。

気が向けば高尾山に登ることもあったが、その日は天候がよくなかった。雨になるかもしれないと天気予報でも言っていた。

そのため、駅からほど近い場所にある敬馬山という山を目指すことにした。もし雨が降ってきたら引き返せばいい。

敬馬山は山と名が付いているものの、実際は丘に近い。道は舗装されていて車も通れる。老人や子供向けのハイキングコースと言っていいような山だった。

(降るかな)

宮野は歩きながら空を見上げた。午前七時、太陽は出ているはずだが、厚い雲に覆われているため日射しは感じられなかった。降水確率は四十パーセントとなっていたが、山の天気が変わりやすいことは知っていた。

(行けるところまで行って、雨が降り出したら帰ろう)

杖代わりにビニール傘を持ってきていた。それをひと足ごとに突きながら、宮野は歩き続けた。

車が宮野を追い越していった。宮野は歩き続けた。道の両端にある緑が美しかった。

数年前から宮野は木々や花の美しさに目を奪われることが多くなっていた。老化の始まりだと自分で思っていた。

（きれいだね）

時々立ち止まっては花を見る。目に痛いほどそれは美しかった。

宮野は花の種類に詳しくない。何の花が咲いているのかわからなかったが、そんなことはどうでもよかった。

そのまま歩いていくと、三十分ほどで山の頂上に出た。山頂は平らになっている。

別に何かあるというわけでもない。車が二台停まっていた。後は下りるだけだ。急ごう、と宮野は思った。

雲がさらに厚くなり始めている。流れてくる空気も冷たいものに変わってきていた。雨の前兆だ。

手の中にある傘を確かめ、下山することにした。雨が降り出す前に山を下りたい。そう思っていた。歩くスピードが速くなった。歩いていくにつれ、雲が暗さを増していた。

（まいったな）

下りる前に降り出すかもしれない、と直感的に思った。今日の服装はジーンズにネルシャツ、その上からスイングトップをはおっているだけだ。とても雨に濡れても平気ということはない。

（急ごう）

宮野は歩き続けた。山の中腹まで来たところで、斜面にスーツケースが転がっているのを見つけた。来た時には見ていないものだった。

（またた）

最近、敬馬山の斜面にゴミを不法投棄する者が多くなっていることは、ニュースなどでもたびたび取り上げられている。自然を愛する者の一人として、宮野はそんな行為をする者たちが許せなかった。同時に、捨てられているゴミを見つけた場合、それを持ち帰るのが自分の役割だと思っていた。

（どうする）

雨が降りそうだ。先は長い。早く山を下りたかった。だが、自分は見てしまった。明らかなゴミの不法投棄だ。

（仕方がない）

見てしまったのは確かだ。放っておくわけにはいかない。

斜面を下りた。道路から三メートルほど下がったところにそのスーツケースは落ちていた。色は白で、それほど大きくはない。

スーツケースの握りを持って、道路に引っ張り上げた。案外、それは重かった。三、四十キロはあるようだ。

誰がこんなものを捨てたのか。腹が立ってならなかった。スーツケースは敬馬山の風景にいかにも釣り合わなかった。

それにしても重い。いったい何が入っているのだろうか。

通りすぎていく子供たちがいた。はしゃぎながら山を登っている。保護者はついていないのだろうか。

そんなことはいい。宮野は首を振った。とにかく、何が入っているのか、中を確かめる必要がある。

スーツケースにはダイヤル錠がついていたが、ファスナーを引くとあっさり錠は開いた。閉めてすらいないのか。

ファスナーを全部開け、蓋になっている部分を開いた。次の瞬間、信じられないものが目に飛び込んできた。

中に入っていたのは人間だった。何も着ていない。裸だ。一見人形のようだが、それは明らかに人間だった。人間の死体だ。

反射的に蓋を閉じた。何を見てしまったのか。

もう一度確認するまでもない。それは明らかに死体だった。

（どうしよう。どうすればいい）

宮野はおそるおそるもう一度蓋を開けた。死体には手足がなかった。あお向けでスーツケースの中に入っている。

気分が悪い。吐きそうだ。

とにかく誰かに連絡しなければ。宮野は携帯電話を取り出した。どこに電話すればいい。妻か。いや、そんなことをしても意味はない。

（警察だ）

一一〇番に通報しなければならない。震える指でボタンを押した。

「はい、こちら警視庁」

事件ですか、事故ですか、と聞き取りにくい返事があった。これは、と宮野は思った。事件なのだろうか、事故なのだろうか。

「わかりません……わからないのです」

つぶやきが漏れた。何かありましたか、と聞かれた。宮野は見たままのことを言った。雨が降り始めていた。

Click1　捜査

1

涎《よだれ》が口元を伝って顎に流れ落ちていた。

わたしはハンカチでそれを拭《ぬぐ》った。だが意味はなかった。涎は後から後から垂れてくる。

ハンカチが汚れただけだ。

「梅本《うめもと》さん」

白衣を着た男が言った。男の名は酒井《さかい》といって、医者だった。

「はい」

わたしは振り向いた。酒井は背が高かった。身長百七十センチと、女性にしては高いわたしが見上げるような形になったのだから、酒井は百八十を超えているのだろう。

「よく毎月続きますね」

いいえ、とわたしはうつむいた。毎月一度、都下府中市にある病院を訪ねて、その人と面会を続けていた。

もう十年になる。それはわたしにとって儀式のようなものだった。

「こんなこと今さら言うのも何ですが」酒井が言った。「菅原《すがわら》さんはおそらく……このままだと思います」

菅原というのは涎を垂らしているパジャマ姿の男のことだ。小柄な体が縮んで見えた。

「……そうでしょうね」

わたしはうなずいた。この十年、彼は一度も正気を取り戻したことがなかった。

いつ会っても、ただぼんやりとした目でわたしを見つめるだけだ。わたしを梅本尚美《なおみ》と認識しているのかどうかも定かではない。いや、おそらくは誰なのかわかっていないのだろう。

「何ともなりませんか」

毎月一度は口にしている言葉を言った。何ともなりません、と酒井も毎月の答えは同じだった。それはわたしたちにとってルーティンな会話だった。

「警察官として、刑事としての菅原さんのことは聞いています」

酒井が言った。ええ、とわたしはもう一度うなずいた。

「大変優秀な刑事さんだったと」

「優秀で、その上優しい先輩でした」

それだけ答えた。それもいつものことだった。

菅原刑事とわたしの関係は先輩と後輩だ。警視庁に入庁してからおよそ一年、菅原刑事の下についた。菅原刑事によって、わたしは警察官のいろはを教えてもらったと言っていい。警察官とは何なのか。警察とは何のためにあるのか。そんな基礎的なことから実務に至るまで、あらゆることを菅原刑事から学んでいた。

出来のいい生徒だったとは思えない。むしろ、不出来な方だっただろう。

だがそんなわたしに対して、菅原刑事は辛抱強かった。わたしにとって信頼できる教師だった。

一年間、わたしは多くのことを学んだ。一人前になったとは言えない。誰に恥じることなく刑事であるという自信はまだない。

だが、十年間警視庁捜査一課の刑事としてやってきた。その自負はある。そうさせてくれたのは他の誰でもない。今ベッドで横たわっている菅原刑事だ。その意味で彼はわたしにとって父親のような存在と言えた。

わたしの父親は早くに亡くなっていた。それを菅原刑事は知っていたのかどうか、わたしにはわからない。

そうであってもそうでなくても、わたしに対して優しく接してくれていただろう。そういう人だった。

根っからの警察官。善良な市民のために働く警察官。それが菅原刑事だった。

そんな菅原刑事を、一年生であるわたしは全面的に頼っていた。信頼していた。常に一緒にいた。

口さがない連中が、そんなわたしと菅原刑事の関係を怪しいと触れ回っていたことも知っているが、気にしたことはない。わたしと菅原刑事の関係は父と娘のそれと同様だった。実際、年齢も二十歳以上離れている。

そんな優秀な警察官だった菅原刑事が、なぜこんな姿になってしまったのか。

それはあの事件のせいだ。あの事件があったから菅原刑事はこんなことになってしまったのだ。

わたしは十年前のあの頃、菅原刑事の下についていたが、あの事件に関してはほとんど話さなかった。菅原刑事はその優れた直感で、わたしをあの事件に関与させてはならないと感じていたのだ。

関係していれば同じようなショックを受ける。そんな思いがあったのだろう。

だからわたしはあの事件について、詳しいことは知らなかった。すべてを聞かされたのは事件の捜査が始まってからだった。

菅原刑事の受けた心理的なダメージを思うと、今でも体が震える。彼には逃げ場がなかった。発狂する以外、道はなかったのだ。

「梅本さん」

酒井が重い口を開いた。時計を見る。いつまでついていても仕方がない。目がそう語っていた。

わたしはジーンズのポケットにハンカチを入れた。菅原刑事が虚ろな目でそれを見ている。見てはいるものの、認識していないのだろう。

彼にとっては何も関係がないのだ。彼は彼の中にある何者かと、まだ闘っている。十年前から今日に至るまで、それは何も変わらなかった。

「出ましょう」

酒井が先に立って病室のドアを開けた。わたしはその後をついていった。長い廊下が続いている。

「梅本さん」

酒井が言った。何でしょう、と視線を向けた。

「……また来月も来ますか」

それはこの十年間で何度も繰り返された言葉だった。また来月も来ますか。

「そのつもりです」

「もう十年になります」酒井が咳《せき》をした。「あなたは立派だと思います。今ではあなた以外、誰も見舞いに来ない」

「ええ」

「だがあなたはまた来月も来ると言う。おそらくはこの先も、ずっと来るつもりなのでしょう」

「はい」

「なぜですか」

酒井が聞いた。それはわたしにとってもわからないことだった。

世話になった父親同然の男を見舞いに来るというのは、それほど不思議な話ではないだろう。だが十年ともなると話が別だ。

なぜ毎月わたしは来るのか。それは自分自身でも謎だった。

「わかりません」

そうですか、と酒井がうなずいて歩き出した。もともと答えは期待していないようだった。

廊下は暗かった。歩くわたしたちの足音だけが響いた。

2

警視庁本部庁舎。

その十六階に捜査一課はある。わたしはその捜査一課コールドケース捜査班に所属していた。

コールドケース捜査班とは、簡単に言えば過去の未解決事件を扱う部署だ。十年前、二十年前の事件でも、わたしたちは諦めない。科学捜査の発達により、過去の事件の証拠が見つかるようになったからだ。

コールドケース捜査班は全部で六十九人いる。わたしはその中の一人だった。

ただし、その実態はと言えばお寒いものだ。コールドケース捜査班では過去の事件を取り扱う。一年、二年ではない。十年も二十年も昔の事件を調べ直すのだ。

中には、証言者が既に死んでいるような事件もあった。労多くして功少ない部署と言えた。

「おはよう」

席に着くとすぐ肩を叩《たた》かれた。振り向くと、青木孝子《あおきたかこ》が立っていた。

孝子は今年三十三になる。コールドケース捜査班において、わたしの唯一の同期だ。

わたしたちは警視庁入庁からずっと捜査一課に属していた。一課では主に殺人事件などを捜査していた。

正直言って、女性には向いていない職場だ。それでも、配属されたからには、そこで働くしかなかった。

二〇一〇年、コールドケース捜査班が独立した部署として設立された際、わたしと孝子は同時に異動した。それ以来わたしたちはずっとここにいる。

「おはよう」

わたしが返すと、遅かったじゃない、と孝子が言った。何となく黙っていると、府中？と聞かれた。

「どうして知ってるの？」

これよ、と孝子が自分のスマートフォンを取り出した。わたしは苦笑していた。

しばらく前、NTTの依頼で新しく開発したGPSの実験モニターになってくれないかと上司に言われた。GPS機能を自分のスマートフォンにダウンロードするだけだということだった。

それがあれば、お互いの存在位置がわかるのだという。コンビで動くことが多い刑事にとっては便利なものだったから、わたしも孝子も協力すると申し出た。

確かに、あれば便利な機能だったが、プライベートでどこへ行ったかも筒抜けになってしまう。扱いが難しいと思っていたが、孝子はそれでわたしがどこへ行ったかを知ったようだった。

わたしが月に一回、菅原刑事のもとへ通っていることは、孝子ももちろん知っていた。孝子は眉をひそめ、大変だね、とまたわたしの肩を叩いた。

身長百六十センチと、わたしより十センチほど低い。お互い座ると、孝子の方が頭半分小さかった。

「どんな具合なの？」

孝子が声を低くした。変わらない、とわたしは答えた。

「ただ黙ってベッドに座っている、それだけ……話しかけても答えはない」

「そう」

「菅さんは……もう戻ってこないと思う」

「そう」

孝子は言葉少なにそう答えた。わたしは視線を逸らした。

「行っても意味がないのはよくわかってる。だけど、だからこそ行かなきゃならないと思ってる」

「まあ、尚美は菅原さんの教え子で、愛弟子《まなでし》だったからね」

孝子が言った。その通りだ。

孝子自身が菅原刑事と直接関係していたことはない。それでも、わたしが刑事という職業につくにあたって、菅原刑事から強い影響を受けていることは知っていた。

「おいっす」

声がかかった。わたしと孝子は同時に声の方を向いた。立っていたのは奥山次郎《おくやまじろう》という捜査一課の刑事だった。

「おはようございます」

わたしは言った。孝子はただ微笑んでいるだけだ。なぜわたしと孝子の反応が違うのかと言えば、孝子と奥山が、交際しているからだ。

二人がつきあい出してもう五年になる。刑事というのは特殊な職業だが、お互いにその特殊性をよく知っているため、ケンカひとつしたことがないという話だった。

来年の春には結婚も決まっていた。それを機に孝子は警察を辞める予定だという。

恋人のいないわたしにとっては、正直なところ非常にうらやましい話だったが、もちろん孝子が幸せになることを心から喜んでいた。

奥山はわたしたちの二年先輩に当たり、今年三十五歳になる。身長百七十五センチ、体重七十キロ。均整の取れた体をしていた。

ハンサムかと言われると困るが、警視庁の刑事たちの平均から言えば、まともな方だろう。一課の中でも優秀な刑事だった。

「どうした、二人とも。何か暗いぞ」

「尚美が、菅原さんのところへ行ってきたんだって」

孝子が言った。ああ、なるほど、と奥山がつぶやいた。

「そりゃ……大変だったね」

「いえ」

わたしは首を振った。別に大変なことではない。

「どうなの、菅さんの様子は」

「別に……変わりありません」

「意識は？」

「ないです」

そう、と奥山がうなずいた。それ以上聞く必要はないということのようだ。それはそれとして、と小さく咳をした。

「事件があったらしい」

「事件？」

孝子が言った。うん、と奥山が立ったまままうなずいた。

「今朝、高尾の敬馬山で死体が発見されたようだ」

高尾と言えば東京の外れだ。そんなところで死体が発見されたというのは、おだやかでない。

「状況は？」

「まだ連絡がない。詳しいことはわからないんだ」

すぐにあると思うけど、と奥山が続ける。

「嫌な感じね」

孝子がつぶやいた。十三日の金曜日だもの、とわたしは言った。

「嫌なことだって起きるよ」

「またそんなつまらないこと言って」

孝子がわたしの肩を軽く押した。何となく笑ってしまう。

「面倒なことにならなければいいけど」

孝子が言うと、そうだね、と奥山がうなずいた。

コールドケース捜査班全員に招集がかかったのは、午後一時のことだった。集められたのはわたしたちだけではなかった。大会議室には、捜査一課の他の面々も集まっていた。

「どういうこと?」

わたしは隣に座っている孝子に聞いた。わからない、と首を振る。

「でも、相当な大事件であることは確かね」

その通りだった。段上には刑事部長、捜査一課長、管理官なども勢揃《せいぞろ》いしていた。

「静かに。諸君、静かにしたまえ」

捜査一課長の長谷川《はせがわ》警部がマイクに向かっていた。スピーカーから大きな声が響いた。

二百人以上いる刑事たちが口を閉じた。静かになったところで、再び長谷川一課長が口を開いた。

「それでは会議を始める。私語は慎むように」

刑事たちがうなずいた。長谷川一課長が手元の資料をのぞき込んだ。

「本日、早朝七時四十五分頃、東京都八王子市にある敬馬山という山の中腹で、スーツケースに入った死体が発見された」

死体、と囁く声がいくつか漏れた。静かに、と長谷川一課長がもう一度言った。

「死体を発見したのは八王子市に住む宮野大輔という七十歳になる男性だ。山歩きが趣味で、今日も敬馬山を歩いている途中、そのスーツケースを発見したという」

長谷川一課長が左右を見る。誰もが無言で話を聞いていた。

「当初、宮野はいわゆるゴミの不法投棄だと思い、そのスーツケースを引っ張り上げたということだ。ただ、そのスーツケースは非常に重かった。中に何が入っているのか確認しようと思い、蓋を開けたところ、死体を発見したというわけだ」

では写真を、と長谷川一課長が言った。正面のスクリーンに白いスーツケースが映し出された。

「スーツケースの大きさは縦七十センチ、横五十センチ、奥行き二十八センチだ。スーツケース会社に確認したところ、最も普及しているサイズだという」

次の写真を、と指示した。写真が切り替わり、蓋の開かれたスーツケースが映し出された。どよめきが漏れた。スーツケースの中にはあお向けになった素っ裸の男性の体があった。

「見ての通りの状況だ。死体はスーツケースに詰め込まれていた」長谷川一課長の説明が続いた。「特徴的なのは、死体に手足がないことだ。鑑識の結果、両手両足は切断されていることがわかった」

切断。その言葉の重い響きが、いつまでも耳に残った。

「しかし、両手両足は最近切断されたものではない。数年、あるいは十年ほどが経過しているようだということだ」

写真がまたスーツケースに戻る。その場にいた全員がため息をついた。

「さらに死体を解剖したところ、意外なことが判明した。この死体は殺害されたものではない。死因は窒息死、喉に食事を詰まらせて死んでいたのだ。つまり、殺人ではない。事故死なのだ」

長谷川一課長の淡々とした説明が続いた。大会議室にいる全員が話に聞き入っていた。

「こういうことが考えられる。犯人は、あえてここでは犯人という言葉を使うが、この死体を遺棄した犯人は数年、あるいは十年ほどにわたって手足を切断されたこの男と共に生活をしていたのだ」

ざわめきが漏れた。信じられない、という反応だ。静かに、と長谷川一課長が右手を挙げた。

「加えて説明すると、死体からは目がえぐられ、鼻、舌、耳も切断されていた。人間としての基本的な部分だ。本人にとって生きているという感覚があったかどうかもわからないが、とにかくこの男は生きていた。おそらくは毎日食事を与えられていたのだろう。解剖の結果、栄養状態にはまったく問題がなかったということもわかった。同時に、体のどこにも異常は見られない。生理的に見ればまったくの健康体だったということになる」

言葉を切った長谷川一課長が合図をする。スクリーンの写真が切り替わり、男の顔のアップになった。

瞼《まぶた》は閉じている。髪の毛は豊かだったが、総白髪だった。鼻はつけ根からそがれており、骨が剝き出しになっていた。

顔は青白かった。ほくろなどはない。

わたしはその写真を見ながら、横を向いた。孝子がうなずいていた。そうなのか。やはり、そういうことなのか。

「諸君、この写真に注目」長谷川一課長がスクリーンを指さした。「この顔に見覚えがある者もいるだろう。そうだ、この男こそ我々がちょうど十年間捜していたあの男だ」

わたしの脳裏にある名前がよぎった。そうだ、彼だ。彼なのだ。

「男の名前は本間《ほんま》隆雄《たかお》」長谷川一課長が言った。「十年前、二〇〇二年十二月に行方不明になった人物だ」

写真が切り替わった。口が大きく開けられている。

「我々は都内の歯科医に照会をかけ、本間隆雄の主治医と会った。幸い、歯科医は本間のカルテを保存していた。歯型を確認したところ、本間のものであることが判明した。この男は間違いなく本間隆雄なのだ」

長谷川一課長がデスクを叩く。重い響きが残った。

「この中には本間隆雄が誰なのか、どんな人物なのかを知らない者もいるだろう。簡単に説明をしておく。事件は二〇〇二年十月に起きた」

スクリーンに一人の男の写真が映し出された。グレーのスーツを着て笑っている。わたしは何度もその写真を見ていた。本間隆雄だ。

「写真は十年前の本間隆雄だ。当時四十二歳。新東洋印刷に勤務しているサラリーマンだった。過去に犯罪歴などはない。妻と子供一人、きわめて平凡な男性だった」

そうだ、本間隆雄は平凡な男だった。普通の社会人、家庭人として生きていた。

「そんな男が事件に巻き込まれた。なぜか、理由は簡単だ」

長谷川一課長が暗い声で言った。一台のコンピューターが映し出された。

「現在でももちろんあるが、二〇〇二年当時、インターネット上で見知らぬ男女が知り合うサイト、いわゆる出会い系サイトというのが流行していた。本間はそれに参加していた。出会い系サイトのユーザーだったのだ」

その通りだ。本間隆雄は出会い系サイトに出入りを繰り返していた。それが不幸の始まりだったのだ。

「そこで本間はリカと名乗る女性と接触した。リカは自称二十八歳、職業は看護師、独身ということだった。本間はリカと何度もメールを交換し、お互い好印象を持った。諸君も知っている通り、出会い系サイトというのは最終的には会うことを目的としている。二人も会うはずだった。ところが、その辺りからリカの様子がおかしくなった。二人は自分の携帯電話の番号を交換していたが、リカから頻繁に電話が入るようになった」

長谷川一課長の説明は半ば正しく、半ば間違っていた。

実際には本間は自分の携帯番号をリカに教えていたが、リカの電話番号は知らなかった。連絡は常に一方通行であり、リカからかかってくるだけだった。

わたしがなぜこの事件に詳しいのかと言えば、リカ事件はコールドケース捜査班の担当案件だったからだ。

孝子がわたしの方を見た。わかっている、とうなずいた。

あの事件、つまりリカ事件は多くの人々の運命を変えていた。わたしたちもその一人に数えられるだろう。

本間だけではない。数多くの人間が事件に巻き込まれていたのだ。

「どうやって調べたのかは現在でもわかっていないが、とにかくリカは本間の個人情報を調べ上げた。本間の自宅住所、電話番号、勤務先、その他何もかもだ。本間はこの時点で警察に相談すべきだったのかもしれない。だが家族や会社にバレることを恐れた本間は、大学時代の同級生である原田という興信所の探偵にリカのことを相談した」

スクリーンの写真が切り替わる。サングラスをした男が映っていた。原田だった。

「原田は、実はもともと警察官だった。我々の仲間というわけだ。有能な男で、リカについても多くのことを調べ上げていた。だが最終的には殺害された。この件はまだ解決に至っていないが、我々はリカによる犯行だと考えている」

その通りだった。リカは原田を殺し、その死体を捨てた。全身を切り刻まれ、まるで人形のように捨てられていたのだ。

「ただ、原田は警察時代の先輩である菅原という刑事に事件について相談をしていた。おそらく、原田も身の危険を感じていたのだろう。彼は知る限りの事実をすべて菅原刑事に話した。リカという女が本間のことを狙《ねら》っていることもだ。その記録も残っている」

今日会ってきたばかりの菅原刑事。やはり彼もリカによって人生を変えられた男の一人だった。

「原田が殺された事件を受けて、菅原刑事は本間に連絡を取った。もう他に頼るものがなくなっていた本間は菅原と会い、事件について率直にすべてを話した。その記録も残っている。読めばわかることだが、本間はリカを恐れていた。脅威に感じていたのだ」

長谷川一課長が黙った。沈黙が大会議室を覆った。

「その後もリカは本間に連絡を取り、会うことを強要した。だが本間はそれを避けた。その結果として、リカは本間の娘を誘拐した」

写真が映し出された。まだ小さい子供の写真。全裸だった。背中に大きく、赤のペイントで×印がしてあった。

「誘拐というと少し大げさすぎるかもしれないが、要するにリカは娘をさらった。そして背中に赤インクで印をつけ、そのまま放置したのだ。本間はこの時正気を失っていたのだと思われる」

説明はさらに続いた。

「本間はリカと直接会うことを決意し、練馬区の遊園地、としまえんの駐車場でリカと会った。そこで何があったのかはわからない。本間はリカと会うことを菅原刑事に連絡しようとしたが、不運にもその電話はつながらなかった」

ここで菅原刑事に連絡がついていれば、と長谷川一課長がつぶやいた。もしそうであったとしたら、確かに事態は変わっていたのだろう。

原田殺しでリカを逮捕できたかもしれなかったが、現実はそうならなかった。本間は一人でリカに会いに行ったのだ。

後で考えると無謀に思えるが、娘をさらわれた本間は判断力を失っていたのだろう。更に言えば、自分の手で決着をつけようと思っていたのではないか。

「菅原の携帯電話の留守電に残っていた本間の話では、リカを説得して警察に行こうとしていたのだという。だがリカの方が一枚上手だった。リカは本間に麻酔を打ち、意識不明にした上で、山梨県の無人の保養施設に連れ込んだのだ」

長谷川一課長が合図をした。写真が切り替わった。

部屋の写真だった。かなり広い。十二畳ほどはあるだろうか。そこに本間は拉致されたのだった。

「そこまではリカの考え通りになっていた。だが、菅原刑事は有能だった。本間の車のナンバーをNシステムに照会して、車が山梨県内に入ったことを短時間のうちに調べていたのだ。菅原刑事は山梨へ急行した。本来なら山梨県警との間で複雑な手続きを踏まなければならなかったが、彼は本間の身に危険が迫っていることを察知し、独断で捜査を始めた。幸い、すぐに車は見つかった。菅原刑事は施設内に乗り込んだ」

また写真が切り替わった。女が写っている。

身長が高い。大柄な部類だろう。パジャマを着ていた。その服の胸の部分が真っ赤に染まっていた。

「リカは現れた菅原刑事を、邪魔者として認識した。襲いかかってくるリカを彼は撃った。二発、警告もなしにだ。言っておくが、菅原刑事はベテランだ。警告なしに発砲することがルール違反なのは、十分に承知していた。それでも撃った。それほど怖かったのだ」

まだ話には続きがある。長谷川一課長はしばらく沈黙していた。どう話せばいいのか、迷っているようだった。

「事件は終わった」再び口を開いた。「本間は救出され、リカは病院に搬送された。それですべては終わったはずだった」

その通りだ。本間は間一髪のところを救い出され、リカは死んだ。

もちろん、決していい終わり方とは言えない。警察としては誰かが責任を取らざるを得ない、そんな結末だったが、とにかくすべては終わったはずだった。

だが、そうではなかった。信じられないことが起きたのだ。

「先ほども説明した通り、菅原刑事はリカを撃った」長谷川一課長が話し始めた。「二発、右胸と腹部に弾は当たった。至近距離でだ。致命傷と思われたが、とりあえずリカは呼吸をしていた。できれば犯人を生かしたまま捕らえたいと、警察官なら皆同じことを考えるだろう。リカは救急車で病院に搬送された。だが、ここで信じられないことが起こった」

写真が切り替わり、スクリーンに一台の救急車が映し出された。

「救急車には二名の救急隊員と一名の警察官が同乗していた。二発の弾丸を被弾していたリカは、その三名を殺害したのだ」

ため息が漏れた。だが、それは事実だということを、わたしは知っていた。リカは救急隊員二名と警察官一名を殺したのだ。

「正直なところ、我々はそんなことが起きているとはまったく考えていなかった。救急車は病院に向かっていると考えていた。連絡を取るほどのことではないと思っていたのだ」長谷川一課長が首を振った。「だが、事態はまったく違っていた。リカは生きており、三名の関係者を殺害し、そのまま自宅に戻っていた本間隆雄のもとへ向かった」

病院へ行くはずだった救急車が発見され、三名の遺体が確認されたのは、それから二時間ほど経った頃だという。その二時間の間にリカは本間の自宅に行き、本間を拉致した。

「リカが向かったのは本間のところしかない、というのは誰もが考えつくことだった。菅原刑事はそれがわかった直後に警視庁に連絡を取り、本間を保護するために警察官を本間の自宅に向かわせた。だが遅かった。リカは本間をさらって逃げた後だった」

会議室全体を重苦しい沈黙が包んだ。

「本間の車が発見されたのは翌日深夜のことだ。都下八王子市の廃病院で車は見つかった。発見したのは菅原刑事だった。そこで彼が見たものについては、写真を見てもらった方がいいだろう」

わたしはその写真を何度も見ていた。何度見ても悪寒が走る。そういう写真だった。

「アップに……そうだ」長谷川一課長がレーザーポインターで写真の一部を指した。「これは切り取られた体の一部だ」

それは腕だった。肩の部分からきれいに切断されている。まるでマネキンのパーツのようだった。

「それだけではない。足と、目、鼻、舌、耳といった顔の部位が切り取られている」

写真がさらに拡大された。両足、眼球、鼻、舌、耳とそれぞれが映し出された。

「体の部位にはそれぞれ生体反応があった。つまりこういうことが考えられる。信じ難いことだが、リカは生きている本間隆雄を外科手術の要領で切り刻んだ。もちろん、麻酔止血などもしていたのだろう。そして、ほとんど原形を留めていない本間の体だけを持って姿を消したのだ」

その通りだった。つまり、リカは究極の形で本間隆雄を自分のものにしたのだ。

「知っている者もいるかと思うが、この状態の発見者である菅原刑事は……発狂した」

意味不明のつぶやきがそこかしこから聞こえてきた。

「無理もない。菅原刑事は本間のことを救ったはずだった。だがそうではなかった。リカはもっと恐ろしい場所へ本間を連れていったのだ。事件を一番間近で見ていた者としては、狂う以外なかっただろう」

明かりを、と長谷川一課長が言った。会議室が明るくなった。

「以上がリカ事件の概要だ。信じられないことだが、現実にあった事件なのだ」

会議室の前の方に座っていた一人の男が手を挙げた。

「その後、事件はどうなったのですか」

まだ若い男だ。リカ事件について、聞いたこともないのかもしれない。長谷川一課長が苦笑を浮かべた。

「もちろん、我々はリカと本間隆雄の行方を追った。事件はあまりにも残忍なものであり、警察官も一人殺されている。事態は猶予を許さないものだった。当時の警視庁幹部は事件の早期解決を図るため、のべ千名の警察官を動員してリカを捜した。だが、努力は無駄だった。今日に至るまでリカは発見されていない。正直なところ、生死も不明だった。警視庁幹部の中には、リカはもう死んでいるのではないかと唱える者もいた」

「だが、そうではなかった。そういうことですね」

男が確認するように尋ねた。そういうことになるだろう、と長谷川一課長が答えた。

「どこに隠れていたのかは不明だが、この十年間、リカは本間と共に暮らしていた。手も足もない本間とだ。目もなく、舌も耳もない人間とどんなコミュニケーションを取っていたかはわからないが、とにかく二人は奇妙な同棲生活を送っていた。十年が経った。十年だ」

十年。長すぎる年月だ。

「そして本間隆雄が死んだ。解剖の結果、昨日の午前中に死んだことがわかっている。死因は窒息死。食べ物を喉に詰まらせたことが直接の死因と考えられる。諸君、重ねて言うようだが、今朝発見された死体は殺人事件の被害者ではない。あくまでも死体遺棄事件なのだ」

その通りだった。リカは本間隆雄を殺していない。

むしろ、可能な限り本間を生きながらえさせることに懸命だっただろう。この十年、リカは無償の努力を続けていたはずだ。

だが本間は死んだ。リカにとって必要なのは生きている彼だった。死んだ本間には何の興味もなかった。

だから捨てた。不用になったゴミを捨てるのと同じように。

「この際だ。何か、他に質問のある者はいるか」

長谷川一課長が左右を見た。挙手する者はいなかった。事件の異常さに、誰もがあっけに取られている。そんな感じだった。

「よろしい。それでは本件の捜査本部を西八王子署に設置することにする。この件は非常に特殊だ。捜査一課強行犯三係とコールドケース捜査班も捜査に加わることを命じる」

刑事部長が何かささやいた。いえ、というように長谷川一課長が首を振った。

「細かいことは各係長に伝えておく。捜査の割り振りは係長が集約、報告するように。以上だ」

マイクのスイッチを切った。わたしたちはそれぞれ立ち上がった。

4

席に戻るとすぐに招集がかかった。今度はコールドケース捜査班のみだ。わたしたちはまた別の会議室に集められた。

「全員いるか」

コールドケース捜査班班長の戸田《とだ》警部が言った。わたしたちはお互いを見やった。

「第一班、います」

「第二班、全員います」

「第三班、揃っています」

各班から報告が上がる。よろしい、と戸田警部がうなずいた。

「本件は……つまりリカ事件は、警視庁にとって最大の問題だった。犯人はわかっている。だがその行方がまったくわからなかった。我々は手を尽くして調べてきたが、何の収穫もなかったというのが実際のところだ」

戸田警部の言っていることは正しかった。この数年、コールドケース捜査班が誕生してから今日に至るまで、リカ事件の謎を追ってきた。

十年前に何があったのか、わたしたちはほぼ把握していた。本間隆雄本人の話、事件について調べていた探偵の原田という男が残した報告書、事件に直接関与した唯一の警察官である菅原刑事の残した証言、それらをもとに、わたしたちは事件を再構築していた。

残されたすべての証拠が指す方向はひとつだった。すべての根源はリカにある。リカが犯人なのだ。

だが、それ以上わたしたちにできることはなかった。コールドケース捜査班は事件を公開捜査とし、リカの顔写真が載った手配書が東京都内や関東各県の隅々まで貼られることとなった。

必ずリカについて情報が上がってくる。わたしたちはそれを信じていた。リカを知っているという情報が入ってくるはずだった。

確かに似た女を見かけた、というような情報は山のようにあった。だが、ひとつひとつ裏を取っていくと、それらはすべてが別人だった。

リカは本間隆雄と共に、完全に姿をくらましていた。どこに行ったのかはまったくわからなかった。

十年は長い。情報は風化し、今では市民からも忘れられている。手掛かりは何もなかった。誰もが諦めていた。

そんなところに起きたのがこの事件だった。率直に言って、コールドケース捜査班の中では、リカは本間と共に死んだのではないかという説が主流になっていた。

リカは死んだのだ。そうでなければ、これほど完璧に行方がわからなくなることなどあり得ない。わたしでさえそう思っていた。

しかし、そうではなかった。本間隆雄の遺体を捨てた者がいる。それはリカ以外にはあり得なかった。つまり、リカは生きているのだ。

生きている限りはどこかにいる。それを捜し出すのがわたしたちの仕事だ。

「リカ事件について、改めて述べる必要はないと思う」戸田警部が口を開いた。「みんなもよくわかっているはずだ」

全員がうなずいた。

「リカは少なくとも四名の人間を殺害している。そして本間隆雄の手足を切断した上に拉致し、我々の先輩でもある菅原刑事を発狂に追い込んだ。信じ難いことだが、これは事実だ」

菅原刑事。わたしが今朝会ってきたばかりの人だ。

「恐るべき、そして憎むべき犯罪者だ。リカという女は」

戸田警部が独り言のように言った。誰もが押し黙って次の言葉を待った。

「……しかし、とにかくリカは生きている。どこにいるのか、何としても捜し出さなければならない」

第一班と第二班はリカ事件をもう一度洗い直せ、と戸田警部が指示した。了解しました、という声が聞こえた。

「第三班と第四班は現場に行け。三係に協力し、すべての証拠を改めて調べてくれ」

わたしは隣の孝子を見た。わたしと孝子は第三班に属している。

「具体的には何を」第三班班長の篠崎《しのざき》警部補が手を挙げた。「どこから調べればいいでしょう」

「何だと思う？」

戸田警部が尋ねた。とりあえずは、と篠崎班長が口を開いた。

「リカが敬馬山に入った経路を調べるのが先だと思いますが」

「その通りだな」戸田警部がうなずいた。「先ほど入ってきた情報によると、敬馬山というのは山という名こそ付いているが、実際には丘に近い地形だという。車でも入っていけるそうだ。おそらく、リカは車で敬馬山に入ったのだろう。スーツケースを転がして山に登ったとは思えない」

おそらく、リカは車のバックシートかトランクの中にスーツケースを積んでいたのだろう。その中には本間隆雄の遺体が入っていた。そして敬馬山に入り、誰も見ていない瞬間を狙って、そのスーツケースを捨てたのだ。

「敬馬山付近に監視カメラの類《たぐい》はないのですか」

篠崎班長が尋ねた。戸田警部が首を振った。

「残念ながらない。先ほども言ったように、敬馬山はピクニックコースにもなっているような低い山だ。そんな山に出入りする人間を監視するためのカメラは設置されていない」

「そうなってくると、頼りは目撃情報ですね」

篠崎班長が言った。そうなるだろう、と戸田警部がうなずいた。

「幸いなことに、第一発見者である宮野という老人について、八王子の連中がまだ身柄を押さえている。宮野は何かを見ていたかもしれない。可能性はある」

「宮野の事情聴取は誰が」

「捜査一課の刑事だ」

担当が誰かまでは聞いていない、と戸田警部が言った。それでは、と篠崎班長が立ち上がった。

「今すぐ八王子に向かいたいと考えます」

「行ってくれ。情報は常にこちらに上げるように。繰り返す、これは非常に重要な事件だ。異例なことだが、我々コールドケース捜査班も直接捜査に加わることになった。その意味でも、すべての情報を共有する必要がある」

第三班と第四班は現場に向かえ、と再度戸田警部が命じた。わたしたちはその言葉に従い、席を立った。

5

第三班と第四班はそれぞれ十人編成だ。わたしたちはパトカーで現地へ向かうことになった。桜田門から八王子までは、言うまでもないことだが遠い。

わたしと孝子はパトカーの後部座席に並んで座っていた。同乗者は二人。運転している町《まち》山《やま》という巡査部長と、助手席にいる小平《こだいら》という同じく巡査部長だった。

「混んでるかな」

町山が言った。どうだろう、と小平が答えた。

「金曜日だからな」

「うん」

パトカーが高速に入る。表示を見ると、別に混んでいる様子はなかった。

車内は静かだった。わたしを含め、誰も何も言わなかった。その沈黙を破ったのは小平だった。

「ぼくはリカ事件について、それほど詳しくないんですがね」

小平は一年前の異動でコールドケース捜査班に配属された。まだ三十前の男だ。

「リカ事件については、彼女が詳しい」

孝子が言った。彼女というのはわたしのことだ。助手席の小平が顔を向けた。

「詳しいんですか」

「たぶん」

菅原刑事の件もあり、わたしはリカ事件について、おそらくはコールドケース捜査班の誰よりも詳しい。この十年、すべてをなげうってリカのことを調べてきた。

担当を命じられた事件は他にも数多くあったが、同時進行する形で、リカの行方を追うことは続けていた。執念深いと我ながら思う。

なぜそこまでするのかと周囲の人間が不思議がるほどだったが、理由は自分でもわからない。絶対にリカを見つけ、逮捕するという熱意だけがあった。

「信じられないな、手足を切断するなんて」

小平が言った。事実ですから、とわたしは低い声で言った。

「現場を見たんですか？」

「ええ」

今でもよく覚えている。廃病院の手術台の上に並んでいた二本の腕と二本の足。そしてその横に置かれていた二つの眼球と切断された鼻と舌、そして耳。

リカは外科手術の要領で、両手両足を切断していた。生きたまま、その大手術をやってのけたのだ。

「いったい何のために、そんなことをしたんですかね」

わからない、とわたしは首を振った。

「本人でなければ、その理由はわからないでしょう」

「そりゃそうですが」

「ただ、こういう見方があります」わたしは言った。「リカは、完全に自分の意のままになる本間隆雄が欲しかったのだと。そのためには腕も足も必要ない。目も鼻も舌も耳もいらない。つまり、人形になった本間が欲しかったのだと」

「誰が言ってるんです？」

そう言ったのは菅原刑事だった。彼は事件について誰よりも深く調べていた。手術台に並べられていた両手両足を発見したのも彼だ。そして、正気を失う直前、自分の考えを同僚たちに伝えていた。

だが、それを小平に教えようとは思わなかった。説明すれば長くなるだけだ。そういう意見があったのだということだけをわたしは言った。

「もしそれが事実だとするなら」小平が視線を向けた。「リカって女は常識では考えられませんね」

その通りだった。リカは明らかに異常だ。わたしたちが暮らしている日常の生活とはまったく無縁のところに存在する。

異質で、きわめて異常な魔界の者。それがリカだった。

「……こいつは難しい質問なんですがね」

町山が口を開いた。何だ、と小平が言った。

「本間隆雄は……意識はあったのでしょうか」

その質問に正確な答えを出すことはできなかった。ただ、これだけは言えた。

物理的に見る限り、本間は両腕と両足を切断され、両目の眼球をえぐり取られ、鼻と舌と耳を切り取られている。だが、脳に対して何らかの損傷を与えられた形跡はなかった。

リカに殺害された探偵の原田という男がまとめていた報告書によれば、リカは元看護師だったという。手術などに立ち会ったこともあっただろう。

リカは本間の手足を切断する際、麻酔を使っていた。使用した注射針なども現場には残されていた。それだけ気を遣って本間を切り刻んでいたことから考えても、本間は意識があったのではないかと考えられた。

菅原刑事が発狂したのは、それが大きな原因だった。リカの信じられないほどの悪意に圧倒され、発狂するしかなくなったのだ。

「もしも意識があったのだとしたら……それは地獄ですね」

町山が言った。車内を沈黙が包む。パトカーは走り続けていた。

6

夕方、西八王子署に着いた。捜査本部に入ると、そこには一課の強行犯係の刑事たちがいた。

知らない顔も多かったが、それは西八王子署の署員たちだろう。わたしたちは空いていた席に座った。

デスクにはそれぞれパソコンが置かれている。開きっ放しになっている画面に目をやると、そこに一人の老人が映っていた。

「誰かしら」

孝子が言った。さあ、とわたしは肩をすくめた。

「取調室みたいだけど」

「そうね」

十分ほど待つと、いきなり声がした。

「諸君、注目」

マイクを握っていたのは警視庁捜査一課強行犯三係長の藤巻《ふじまき》警部だった。ざわついていた室内が静かになった。

「ただ今より、第一発見者である宮野大輔の事情聴取を行う」

パソコンの画面の中に動きがあった。男が二人入ってきたのだ。

一人の顔は知らなかった。もう一人は奥山次郎だった。孝子を見ると、照れたように笑っていた。

「全員、イヤホンを装着せよ」

わたしたちはパソコンに接続されていたイヤホンをそれぞれ耳につけた。画面の中で奥山が机を挟んで老人の向かいに座った。

「警視庁の奥山と言います」

何の前置きもなしに奥山が言った。老人が疲れきった表情で見上げた。

「お名前をお伺いできますか」

「……宮野大輔と申します」

老人が言った。奥山がうなずいた。

「何歳になりましたか」

「今年で七十ちょうどです」

「何か身分を証明できるものをお持ちですか」

「……免許証があります」

見せてください、と奥山が言った。言われるまま、宮野が尻ポケットから財布を取り出し、中から免許証を引っ張り出した。確認した奥山が、結構です、と言って返した。

「さて、宮野さん、お疲れでしょうが、事情を伺わせてください」

「……もう話しました」

「すいません、これが最後ですから」

なだめるように言った。宮野が不満そうに唇を尖《とが》らせる。だが、構うことなく奥山が質問を始めた。

「宮野さん、あなたは山歩きが趣味だと聞きました」

「趣味……ええ、そうです」

「今日も、それで外出を?」

「……はい、そうです」

「何時頃に家を出ましたか」

「……六時頃だったと思います」

「ずいぶん早いですね」

「老人は朝が早いものですから」

小さく咳をした。お茶をどうぞ、と奥山が言った。宮野が机の上にあったペットボトルのキャップを開けてひと口飲んだ。

「さて、宮野さん……敬馬山を選んだのはなぜですか」

「……今日は、天気が悪いと朝のニュースでやっていたので」

「ああ、なるほど。確かに、午前中は都心でも雨が降っていました。この辺りも雨が？」

「はい」

「それで、近場にあった敬馬山を選んだ？」

「ええ、今にも降り出しそうだったので」

また宮野がひと口ペットボトルのお茶を飲んだ。その様子を見つめていた奥山が口を開いた。

「山を登り始めたのは何時頃？」

「……七時くらいだったと思います」

「わたしはその敬馬山という山のことを何も知らないのですが、登りきるまでにどれぐらいかかるんでしょうか」

「……老人の足で、三十分ぐらいかと」

「低い山なんですね」

「山というよりは、丘ですね。ピクニックをしに来る人たちがたくさんいます」

「なるほどなるほど」奥山が笑みを浮かべた。「そしてあなたは山頂までたどりついた。それは七時半頃ですか？」

「たぶん、それぐらいだったと思います」

「あなたはともかく山を登りきった。その間、すれ違う人や車がいたかどうか覚えていますか」

「さあ……どうだったでしょう」

「宮野さん、思い出してください。非常に重要な問題です」

宮野が腕を組んだ。しきりに首を振っている。さあ、という声が漏れた。

「覚えておらんのです」

「まったく？」

「……申し訳ありません」

頭を下げた。いえ、と奥山が言った。

「仕方がないことです。あなたは山を登った。そこで何か見たものはありますか？」

「……車を二台見ました」宮野が奥山をまっすぐ見つめた。「二台です」

「車種は覚えていますか」

「……いえ」

「どんな車でしたか」

「さあ……よくは覚えておらんのです」

「大きさは？」

「普通の乗用車だったと思います」

「色は？」

「一台は白っぽかったような……もう一台は覚えてません」

「よく考えてください、宮野さん。一台は白っぽかった。もう一台は？」

長い沈黙が続いた。宮野がため息をついた。

「すみません、記憶にありません」

いいんですよ、と奥山が小さく笑った。

「思い出せないものは思い出せない。仕方のないことです」

すみません、ともう一度宮野が頭を下げた。

「さて、それでは続きを聞かせてください。あなたは山の頂上に登った。そこには何分ぐらいいたんですか」

「……五分か、それぐらいだと思います。雨が降ってきそうな気がしたので、早く下山したかったんです」

「その時は、まだ降っていなかった？」

「はい」

「頂上に登ってくる人や車はいませんでしたか」

「……たぶん」

「結構です。それからあなたは山を下りた。急いではいたが、周りに目を配る余裕はあった。そうですね」

「おっしゃる通りです」

奥山が机を指で叩いた。規則的なその音はいつまでも続いた。

「そしてあなたは問題のスーツケースを見つけた。山の中腹ですね」

「……そうです」

宮野が目をつぶった。体が小刻みに揺れていた。

「登ってくる時には見なかったものですね」

「見なかったというか……気がつきませんでした」

「我々の調べによると、スーツケースは登山道から三メートルほど下に落ちていたようです」

「そうです。それぐらいの距離でした」

「あなたはそれをスーツケースだと認知していましたか」

「スーツケースだと認知？」

「落ちているものがスーツケースだということはわかりましたか」

「ああ……そうですね。わかりました」

「山にスーツケースというのは、いささか不釣り合いですね」

「わたしもそう思いました」

「なぜ、こんなところにスーツケースがあるのだろうと思いましたか」

「……というより、ゴミだと思いました」

「ゴミ？」

「敬馬山には、よくゴミが捨てられているんです。車が入れるためか、粗大ゴミの類も少なくありません」

なるほど、と奥山が指の動きを止めた。

「よくある光景だったのですね」

「はい。他にもいろいろ見たことがあります」

「例えば、どんな？」

「テレビとか、パソコンとか……バイクとかもありました」

「そういうゴミのひとつとして、あなたはスーツケースを見たわけですね」

「そうです」

「あなたはわざわざそれを拾いに山道を下りた。そうですね」

「ゴミを見つけたら、なるべく持ち帰るようにしていたんです。それがわたしの義務だと思っていました」

「山を愛する者として？」

「そうです」

奥山が顔を見つめた。そうです、と宮野がもう一度言った。

「さて、問題はそこからです……あなたはスーツケースを登山道まで引っ張り上げた。重かったでしょう」

「はい」

「中には何が入っていると思いましたか」

「……わかりませんが、雑誌などではないかと思いました」

「なるほど。確かに、雑誌は重いですからね」

「ええ」

「あなたはスーツケースの蓋を開けようとした。中を確かめるためですね」

「そうです」

「ところが、中に入っていたのは——」

宮野が大きく首を振った。

「まさか……あんなものが……」

「そうですね。あんなものが入っているとは、予想もしていなかったでしょう」

沈黙が続いた。宮野はうつむいている。奥山が口を開いた。

「あなたは、あれが死体だと認識しましたか」

「最初は……マネキンかと思いました」

「なるほど。そういうものかもしれませんね」

「……はい」

「死体だということには、いつ気づきましたか」

いつ、と聞かれた宮野が顔を歪めた。

「いつと言われても……見ているうちに、これはマネキンなんかじゃないと思いました」

「人間の死体であると？」

「はい」

「どう感じましたか」

「信じられないというか……混乱してました」

「どうしようと思いましたか」

「……とにかく、誰かに知らせなければと思いました」

「誰かに、というのは」

「警察なり、病院なりです」

「あなたは携帯電話を持っていた。それで警察に電話した」

「はい」

「自分が何を言ったか、覚えてますか」

「……いえ、とにかく怖くて……」

また沈黙が流れた。雨は、と奥山が言った。

「雨は降っていましたか」

「電話を……警察に電話をかけた直後に降り始めました」

「それから所轄の警察官が現場に到着するまで、三十分ほどありましたね」

「三十分ですか」

もっと長いと思っていました、と宮野がつぶやいた。

「長く感じられたと」

「はい」

「それからのことは覚えていますか」

「正直言って、よく覚えていません」

無理もありません、と奥山が言った。

「あなたにとってはショックな出来事だったでしょう。実を言えば、我々にとっても衝撃的な事件でした」

沈黙。それからしばらく二人は見つめ合ったまま、何も話さなかった。もう一度お伺いします、と奥山が口を開いた。

「これが最後の質問です……あなたは敬馬山で誰かと会いませんでしたか」

「誰かと……会った？」

宮野が聞く。奥山がその顔を見つめた。

「あなたは山の頂上に車が二台停まっていたと言った。そうですね」

「はい」

「その車の運転手は？　どこにいましたか？」

「運転手は見ませんでした」

「車の中には？」

「待ってください……いなかったように思います」

「車が二台あった。当然、その車は誰かが運転してきたものです。そうですね」

「はい」

「しかし、山頂に運転してきた誰かはいなかった。車の中にもいなかったとあなたは言う。では、どこへ？」

宮野が苦笑を浮かべた。

「刑事さん、あなたは敬馬山という山を知らない。わたしはよく知ってます。あの山には、車で山頂まで乗りつけて、そのまま近くを散歩する者が多いんです」

「では、運転手は二人とも散歩をしてたのだと？」

「……おそらくは」

「朝の七時過ぎに？」

「そういう人もいるでしょう」

奥山が黙った。何かを考えているようだった。

「運転していた人たちは、あなたより先に山頂に着いていた？」

「そうですね」

「車に追い越されたりはしていない？」

「どうでしょう……よく覚えていません」

「あなたは山を登る際、あるいは下りる時でもいいのですが、他の車を見ていませんか」

「それも……覚えていません」

「では、誰かとすれ違ったりはしていませんか」

宮野が腕を組んだ。数分後、そういえば、という声が漏れた。

「そういえば？」

「下りる時ですが……子供がたくさんいたような気がします」

「子供？」

子供です、と宮野がうなずいた。

「あれは……そうです、スーツケースを見つけた直後でした」

「宮野さん、きわめて重要なポイントです。よく考えてください。子供が山を登ってきたと？」

「ええ、そうです……だんだん思い出してきました」宮野が言った。「二十人ぐらいでしょうか、子供が山を登ってきました。わたしはスーツケースを登山道まで引っ張り上げているところでした」

「子供は、何歳ぐらいでしたか」

「おそらくは小学校低学年……もしかしたら、幼稚園児だったかもしれません」

「保護者は？　引率していた大人はいませんでしたか」

「それが不思議なのですが……いなかったように思います。少なくとも、わたしは見ておりません」

「子供だけで山登りを？」

「……そうだったと思います」

　奥山が大きく息を吐いた。

「その子供ですが……着ていたものは覚えてますか」

「さあ……どうだったでしょう」

　宮野が首をひねった。思い出してください、と奥山が言った。

「制服を着ていたとか、ジャージを着ていたとか、何か特徴はありませんでしたか」

「……いえ、覚えておりません。とにかく、ああ、子供たちがいっぱいいるなあと」

「言葉を交わしたりとかは？」

「しませんでした」

「子供は何か話していましたか」

「話してましたね。みんな、口々に何か喋《しゃべ》ってました」

「何を言っているのか、聞き取れましたか」

「いや、全然。まったくわかりませんでした」

「くどいようですが、もう一度確認します。あなたは下山途中で捨てられていたスーツケースを見つけた。山の中腹です。そしてそれを道に上げようとしたところで子供たちとすれ違った。そういうことですね」

「そういうことです」

「他に誰も見なかった？」

「見ておりません」

「あなたはその後スーツケースの中を確認し、警察に電話をかけた。担当者が山に入ったのはその三十分後、さらに山全体に非常線が張られたのはその三十分後、九時過ぎのことです。しかし、山には子供たちもいなければ、二台の車も姿を消していた。あなたはそれをどう思いますか」

「さあ……たぶん、山の反対側から下りていったのだと思います」

「ああ、そうでしょうね」奥山がうなずいた。「他に何か思い出したことはありませんか」

「……わたしは、疲れました」宮野が下を向いた。「……疲れたんです。帰りたい」

「お疲れでしょうね」

「……疲れました。帰りたい。帰らせてください」

じっと宮野を見つめていた奥山が口を開いた。

「わかりました。長い時間、ご協力ありがとうございました」

奥山が小さく頭を下げた。それが終わりの合図だった。宮野がゆっくりと立ち上がり、取調室の外に出ていった。

7

わたしたちはそれぞれに耳につけていたイヤホンを外した。そこかしこで小さなため息が漏れるのが聞こえた。

「第三班、全員聞いてくれ」

しばらくして篠崎班長が入ってきた。

「今の事情聴取で新事実がわかった。子供たちが山に登っていたという」

「はい」

全員がうなずいた。そこでこれだ、と篠崎班長が手にした紙を掲げた。

「ここに近隣地区の幼稚園、保育園、小学校の連絡先がある。手分けして連絡してほしい。今日、朝の七時前後、敬馬山に登った子供たちを捜せ」

了解しました、と副班長の小倉《おぐら》警部補がリストを受け取った。コピーを、と命じる。班員の一人がそのリストを手に席を離れた。

「引率者がいなかった、と宮野は言っていました」孝子が手を挙げた。「事実でしょうか」

「わからない」篠崎班長が首を振った。「本当にいなかったのか、それとも宮野が見過ごしていたのか……どちらも可能性がある」

コピーが回ってきた。幼稚園、保育園、小学校の名前が記されている。全部で三十ほどあった。

小倉警部補がそれぞれのコピーに印をつけて、班員一人一人に渡す。わたしは携帯電話を取り出した。

「どう思う？」孝子がこっちを向いた。「幼稚園児かしら」

かけてみればわかる、と答えた。わたしの担当は幼稚園がひとつと、小学校が二つだった。印のつけられているリストの一番上に電話をした。

「はい、なかよし幼稚園です」

すぐに相手が出た。警視庁の梅本と申します、とわたしは言った。

「ケイシチョウ？」

警察です、と言い直した。

「お忙しいところ申し訳ありません。ちょっと協力していただきたいのですが」

「何でしょうか」

声が低くなった。わたしは声を大きくした。

「今日、ある事件が起きまして、目撃情報を捜しているところです。お伺いしたいのは、そちらの園児が敬馬山に今朝七時頃、二十人ほどで登ったかどうかということなんですが」

「……何の話ですか？」

「詳しいことは話せません。まだ捜査中ですので。ですが、とても重要なことです。そちらの園児の中に敬馬山に登った子供たちはいますか？」

「……敬馬山」

「そうです。敬馬山です」

わたしは答えを待った。ややあって、低い声がした。

「……そんな山には登っていないと思いますけど……」

「確かですか？」

「……そんな話は聞いておりません」

どうもすみませんでした、と告げて電話を切った。リストのなかよし幼稚園のところにバツ印をつける。

「外れ」わたしは言った。「そっちはどう？」

どうもご協力ありがとうございました、と孝子が言って電話を切った。わたしに向かって首を振る。

「こっちも。次かけよう」

「うん」

リストの二番目にあった小学校に電話をかけた。

「はい、朋東小学校です」

警視庁の梅本ですと名乗った。警察ですか、という声が聞こえる。

「何かあったのでしょうか」

「すいません、実はある事件が起きまして」わたしは説明をした。「お伺いしたいのは、そちらの生徒さんが今朝七時前後に敬馬山に登ったかどうかということなんですが」

「……少々お待ちください」

保留音が鳴る。爪を嚙《か》みながら、相手が出るのを待った。隣では孝子が何か話している。

「校長のモトムラです」

声がした。モトムラ。どんな字を書くのだろうか。

「何かうちの生徒にあったんですか」

落ち着いた声だった。五十代後半ぐらいの男だ。

「すいません、警視庁の梅本と申します」わたしは名乗った。「そちらの生徒さんは関係ありませんが、今朝方ある事件が起きました。可能性ですが、生徒さんが事件を目撃しているかもしれません」

「事件」不快そうに校長が言った。「どんな事件ですかな」

「それはまだ捜査中ですので話せません。お伺いしたいのは、そちらの生徒さんが今朝七時前後、敬馬山に登ったかどうかということなんですが」

「はあ……なるほど」

お待ちください、と声がした。何か紙をめくっているような音が聞こえた。

「届けが出ていますね」校長の声がわたしの耳に飛び込んできた。「うちの二年生が今朝敬馬山に登っております」

携帯電話を持ち替え、立ち上がって右の親指を突き出した。当たりだ。

「間違いないでしょうか」

「間違いありません。ゴールデンウィーク明けに高尾山への遠足が決まっているのですが、その予行演習として、今日敬馬山に登るという届けが出ております」

Ａ組の生徒ですな、と校長が言った。わたしはリストに丸印をつけた。

「引率者はいたんでしょうか」

「もちろん。担任の加藤先生が一緒に登っております」

「校長先生、お願いがあります」わたしは言った。「その加藤先生とＡ組の生徒さんを、学校に集めてもらえないでしょうか」

「はあ……まあ、できないことはないと思いますが」

「お願いします。わたしもすぐそちらへ向かいます」

「警察の方が？　学校へ？」

「はい。お願いします。とても重要な事件なんです」

「まあ……そうおっしゃるなら」

「協力してください」

「やってみましょう」

校長が言った。すぐ向かいますので、と言って電話を切った。

「篠崎班長」わたしは報告した。「八王子市内の朋東小学校の生徒が今朝敬馬山に登っていたそうです」

「わかった」篠崎班長が立ち上がった。「すぐその学校へ行ってくれ。君と、彼女でだ」

彼女というのは孝子のことだ。

「三係にも伝えろ。そちらからも誰か出てもらえ。道案内は所轄がやってくれる」

了解しました、とわたしは言った。孝子が立ち上がった。

8

それから五分後、わたしと孝子、そして三係から奥山を乗せたパトカーが西八王子署を出た。運転席にいたのは所轄の大和田《おおわだ》という刑事だ。

大和田は四十歳ぐらいで、無口な男だった。朋東小学校へ行ってくださいと言うと、ひとつうなずいてパトカーを発進させた。

助手席に座っていた奥山が後部座席のわたしたちの方を見た。その顔が笑っていた。

「小学校かあ」奥山が言った。「苦手だな」

わたしもです、とうなずいた。刑事になってから丸十年が経つが、小学生に話を聞いた経験はほとんどない。そしてわたしは子供の扱いに慣れていなかった。

「大丈夫」孝子が言った。「任せといて」

「ああ、君は子供が好きだからな」奥山が微笑んだ。「頼むよ。子供たちが相手じゃ、収拾がつかない」

「大丈夫」孝子が奥山の肩を叩いた。「あたしがやるから」

「近いんですか？　その朋東小学校というのは」

わたしは運転席の大和田に聞いた。十分ほどです、という短い答えが返ってきた。

「宮野は大人の姿は見なかったと言っている」奥山が口を開いた。「どうなんだろう」

「見落としていたのかもしれない」孝子が答えた。「先を行っていたのか、後からついていったのか、どちらにしてもあり得ることよ」

「そうだね」

車内の会話は奥山と孝子の二人だけだった。わたしや大和田の入る隙間《すきま》はない。

奥山を一緒に行かせることに決めたのは、上層部の粋な計らいと言うべきだろう。奥山と孝子が交際していることは、コールドケース捜査班でもわたしと篠崎班長しか知らないことだった。

一課三係でも、それは似たような事情と言えるだろう。奥山は三係長にこそ報告しているものの、周囲の人間にはそれを秘密にしていた。

秘密といっても、それほどおおげさなことではない。ただ、冷やかされるのが嫌だからというようなことに過ぎない。どちらにしても、奥山と孝子を組ませるというのは、事情を知っている人間だと納得できることだった。

奥山と孝子が何か喋っている。時々笑い声が漏れた。聞いていると、温かい何かが伝わってくるようだった。

事件は猟奇的と言っていい。手足のない死体が発見されるという、グロテスクなものだった。そしてその犯人は異常者でもある。

だが、奥山と孝子の会話はそれとは関係なく、とても幸せそうで、温かかった。事件と、それを捜査する者。これだけ温度差があるケースはそうないだろう。

「着きますよ」

大和田刑事が言った。奥山と孝子が会話を止めた。わたしたちの目の前に大きな校門がある。

「入りますか?」

大和田が聞いた。わたしたちは顔を見合わせた。

「いや、外で待っていてもらった方がいいでしょう」奥山が言った。「何か起きたのかと思われるかもしれない」

奥山の意見はわたしたちの意見でもあった。パトカーには外で待っていてもらったほうがいいだろう。

「わかりました」

大和田がうなずいた。わたしたちはパトカーを降り、校門へと向かった。

9

連絡は行き届いているようだった。校内に入ったところにすぐあった受付で身分と名前を名乗ると、校長室に案内された。そこに二人の男がいた。

「警視庁奥山です」

校長室のドアが閉まるのと同時に奥山が言った。わたしたちも名前を名乗った。白髪の男が脅えたようにわたしたちを見ながら立ち上がった。

「校長のモトムラです」

名刺を渡された。元村博雄《もとむらひろお》という名前が記されている。

「こちらは二年A組の担任の加藤先生です」

黒のジャージ姿の男が頭を下げた。年齢は奥山と同じぐらいだろう。

「さっそくですが、お伺いいたします」奥山が口を開いた。「今朝七時前後、加藤先生は生徒さんたちを連れて敬馬山に登ったということですが」

「その通りです」

加藤が答えた。きびきびした口調だった。

「正確には何時頃ですか」

「敬馬山の登山口に七時集合でした」加藤が言った。「遅れてくる者はいませんでした。七時半に山を登り始めました」

「あなたも一緒に？」

「もちろんです」

「他についていった大人は？」

「いません。ぼくだけでした」

ふむ、と奥山が頭を掻《か》いた。

「なぜそんな早朝から敬馬山に登ることになったんですか」

それはわたしからご説明しましょう、と元村校長が言った。

「ゴールデンウィーク明けに、うちの全生徒が高尾山に登る集団遠足という行事があるのです。それは毎年恒例になっております」

「なるほど」

「それに合わせて、今の時期、予行演習として敬馬山に登るのが、これまたうちの学校では恒例になっておるのです」

「なるほど」奥山がうなずいた。「それでは、各学年の生徒が敬馬山に登っているのですね」

「そうです。全員一緒というわけにもいかないので、各学年ごとに日を変えて登ります。今日はたまたま二年生の日でした」

加藤が言った。わかりやすい説明だった。

「あなたは七時三十分に山を登り始めた。それからどうしました？」

「ぼくは生徒を引率して山に登り始めました。ところが、すぐに足をくじいた子供がいまして」加藤が苦笑した。「それがまた、非常にその……太った子でして」

「どうしました」

「生徒たちには先に行くように話して、ぼくはその子の手当てをしてました。それからその子をおんぶして山に登りました」

「大変でしたね」

「いやまったく。重かったですよ」

「生徒たちには先に行くように言ったということですが」

「敬馬山は登り口が一本道です。脇道はありません。子供たちだけでも頂上には行ける。そう判断しました」

奥山が時計を見た。

「どれぐらい遅れましたか」

「十分か十五分ぐらいだったと思います」

「生徒さんたちは自分の判断で山に登っていった。その間、あなたは誰かを見ましたか」

「さあ……覚えていません」

「追い抜いていった人や車などに覚えはありませんか」

「あるいは下りてきた人や車でも」孝子が言った。「すれ違った者はいませんでしたか」

「……申し訳ないんですが」

加藤が首を振った。覚えていないようだった。

「それでは質問を変えます」奥山が小さく咳をした。「あなたは子供をおぶって山に登った。その中腹辺りで、老人を見かけませんでしたか」

「見ました」

わたしと孝子は目を見交わした。

「どんな老人でしたか」

「どんな……その、白髪で、背は百六十センチぐらいだったと思います。ぼくが百七十ちょうどで、老人はぼくより小さかったですから」

「老人は何をしていましたか」

「……そういえば、何をしていたんだろう」加藤が首を傾げた。「ただ、立っていましたね」

「おかしいとは思いませんでしたか」

「妙だなとは思いました。小雨が降り出していて、早く下山すればいいのにと」

そう思いながら追い越しました、と加藤が言った。奥山が手を挙げた。

「その時、あなたはスーツケースを見ませんでしたか」

「スーツケース？」

「そうです。旅行に使うあれです」

「……いや、覚えていませんね」

「見てない？」

「刑事さん、正直言ってそれどころじゃなかったんです。ぼくは三十キロの生徒を背中におぶって、前を行った子供たちに追いつくため、急いで登っていました。老人がいたことは覚えていますが、他に目を配る余裕はとてもなかったんです」

「なるほど」

「しかも、雨が降り出していました。敬馬山は山と呼べないほど真っ平な山ですが、それでも先に行った生徒たちのことが心配だった。追いつくのに必死でした。老人が何をしていようと、それどころじゃなかった」

わかりますよ、と奥山が言った。わたしと孝子もうなずいた。

「それから、どうしました」

「生徒たちには山頂で待っているように伝えてありました。ぼくは子供を背負って頂上まで登りました。生徒たちはぼくに言われた通り、そこで待っていました」

「頂上で誰か、あるいは何かを見ませんでしたか」

「誰か」加藤が考え込んだ。「いや、覚えていません」

「車は停まっていませんでしたか」

「そういえば……車が一台停まっていたような気がします」

「一台？　二台じゃありませんか？」

「いや、そう言われても……でも、確か一台だったと思うんですけど」

「そこであなたは生徒さんたちと合流した。それからは？」

「本来ならそこで一時間ほど遊ぶはずだったんですが、雨が降り始めていたので、予定を変更してすぐに下山しました」

「登ってきたのとは別のルートでですね」

「そうです。山の反対側に下りたんです。そこから近くのバス停まで行って、学校に戻りました」

「時間は？」

「九時ぐらいだったと思います」

「下りる途中、人や車は見ていない？」

「……見てないですね。覚えていません」

加藤が首を振った。初めて奥山が黙った。

「他に何か覚えていることはありませんか」孝子が口を開いた。「何でもいいんです。何か覚えていることは」

「……さあ。とりたてて別に」

加藤が肩をすくめた。奥山が校長の方に向き直った。

「校長先生、子供たちは集めてくれましたか」

ええ、と校長がうなずいた。

「教室にいます」

「子供たちに話を聞きたいのですが、よろしいでしょうか」

「ええ、結構です……それにしても刑事さん、いったい何があったんですか」

「すいません、まだ話せません。捜査中なので」

奥山が言った。校長が諦めたように下を向いた。

「案内していただけますか」

孝子が顔を向けた。こちらへどうぞ、と加藤が先に立って歩き出した。

10

二年A組の教室は校長室から近かった。というより、学校そのものが小さかった。

「少子化の影響というやつです」加藤が説明した。「子供が減って、一学年について二クラスしかないんです。しかも一クラスの生徒数は二十名」

こちらです、と加藤が教室の前で立ち止まった。二年A組、という札がぶら下がっている。

「よろしいですか」

「はい」

ドアを開けると、生徒たちの姿が見えた。皆、自分の席に座っているものの、お喋りに夢中なようだった。

「はい、静かに」加藤が大きな声で言った。「静かにしなさい」

ざわめきが収まった。加藤が前に出た。

「はい、みんなちゃんと座って、先生に注目。こっちを見て」

はーい、と可愛い声がした。わたしたち三人のことを見ている。いったい何なのだろうという目だ。

「いいですか。先生と一緒に来たこの人たちは、おまわりさんです」

おまわりさん、という単語に子供たちが敏感に反応した。

「みんなもテレビとかで見たことあるかもしれないね。そう、悪い人たちを逮捕するお仕事です」

子供たちは静かだった。えーでもなく、キャーでもない。ただ脅えている。そんな感じだった。

「今日、みんなで山に登りましたね」

はーい、という返事があった。加藤が話を続けた。

「山に登る時、先生は山田くんの面倒を見ていたので、みんなとはちょっと離れていました」

笑い声が漏れた。山田くんという男の子はすぐわかった。席の最後列で一人包帯を巻いた足を伸ばしている。加藤が言っていた通り、太った子だった。

「その後、頂上でみんなと一緒になりましたが、その間に先生が見ていなかったものを君たちが見ていたかもしれない。それをおまわりさんが確かめに来たんだよ」

ささやきが教室のあちこちからした。何か見た？　見てない。あんたは？　何にも。

「というわけで、こちらのおまわりさんたちからみんなに質問があるそうです。何かわかることがあったら教えてあげてください、いいですね」

はーい、と声がした。よくできた子供たちだ。

わたしが小学生だったら、騒ぎまくっているところだろう。今の子供たちは落ち着いている、と思った。

「こんにちは」

前に一歩進み出た奥山が言った。こんにちは、とあいさつが返ってきた。ちょっと奥山が困ったような表情になった。

「今、加藤先生からお話があったように、ぼくたちはおまわりさんです。制服は着てないけどね」

刑事さん、と誰かが言った。子供の情報力は侮《あなど》れない。

「そう、刑事だよ。さて、みなさんに質問があります。いいですか」

孝子、と奥山がささやいた。孝子が前に出る。任せたよ、と奥山がその肩を叩いた。

「はーい、みんな、こんにちは」孝子が片手を振った。「わたしは青木孝子と言います。よろしくね」

オリーブグリーンのワンピースを着た孝子は、刑事というより先生に見えた。それが似合う女だった。

「みなさんは今日、敬馬山という山に登りましたね」

はーい、という声がした。それでね、と孝子が話を続けた。

「みなさんは、加藤先生と別に山を登りましたね。その時、何か見てはいないかと思って、聞きに来ました」

席の最前列に座っていた女の子がまっすぐ手を挙げた。

「何かって何ですか？」

「知らない人とか、知らない車とか、そういったものよ」

女の子が手を下ろす。何か見た？　というささやきが教室内でした。

「頂上に登ってから、先生が来るまで何分くらいありましたか？」

孝子が質問した。どうだろう。わかんない。そんな反応があった。

「十分くらい？　二十分くらい？」

十分くらいだよね、という声がした。そうだよね。すぐ来たよね。

「その間に、何かあった？」

何かあったっけ。どうだろう。覚えてる？

「あのね」

教室の真ん中辺りに座っていた女の子が手を挙げた。このくらいの年齢だと、女の子の方がしっかりしているらしい。

「はい、どうしましたか」

「あのね、車が二台いたの」

女の子が言った。そう、と孝子がうなずいた。

「それで？」

「あのね、あのね、車が一台出ていったの」女の子は真面目な表情だった。「白い車」

「誰が乗ってた？」

「知らない。知らないおばちゃん」

おばちゃん。孝子がわたしたちの方を向いた。

「顔は覚えてる？」

「わかんない。マスクしてた」

「どんなおばちゃん？」

「大きかった」女の子が言った。「うちのママより大きかった」

「おばちゃんが運転してたの？」

「そう」

「誰か他に乗ってる人はいなかった？」

「うーんとね、覚えてない」女の子が笑った。「わかんない」

「他に誰か見た子はいる？」

クラスの半数ほどが手を挙げた。女の子が八人、男の子が二人だ。

「見た子の中で、何か覚えてる子はいる？」

「てぶくろしてた」不意に男の子の一人が言った。「白いてぶくろ。変なのって思った」

「白い車の形を覚えてる子はいる？」

孝子が聞いた。それは小学校二年生には難しい質問だろう。誰もが黙った。

「大きい車？　小さい車？」

「小さかった」さっきの男の子が言った。「ね、小さかったよね」

そうだったっけ。そうだよ。小さい車だよ。

「どっちへ下りてった？」

「山の反対側」女の子が言った。「登ってきたのとは反対側の道」

「すごい速かった」別の男の子が言った。「ブーンって。ものすごかった」

「白くて小さな車が下りていったのね」

そう、とみんながうなずいた。リカだろうか、と奥山がささやいた。おそらくそうでしょう、とわたしは答えた。

「車のナンバーとか覚えてる子はいる？」

誰もが無言で首を振った。それはそうだろう。たまたま出くわした車のナンバーを覚えている小学二年生などいない。

それは孝子もわかっているはずだった。万が一ということだったのだろう。

「加藤先生が来たのはその後？」

そう、という声がした。先生が山田くんをおぶってきたの。

「他には？　もう一台の車は？」

わからない、とみんなが首を振った。そろそろ飽きてきたようだった。小学二年生の集中力など長くは続かない。それは当然のことだった。

「わかりました。みんな、どうもありがとう」

孝子が一歩下がった。しつもーんという声がした。

「そのおばちゃんは悪い人なの？」

わからない、と孝子が言った。

「それを調べているの」

そうなんだ、と子供たちがうなずいた。納得したようだった。

子供たちがそれぞれに話し始めた。わたしたちは黙ったまま、ひとつ礼をした。教室内はざわめきに包まれていた。

Click2　殺人

1

　わたしたちはすぐ西八王子署に戻った。そこで奥山は三係のいる部屋に行き、わたしと孝子は報告のため篠崎班長のもとへ向かった。

「どうだった？」

　篠崎班長が言った。確認取れました、とわたしはうなずいた。

「子供たちの証言によると、彼らが山頂に登ったのとほぼ同時に、一台の白い車が山を下りていったということです」

「白い車？」

「はい。小さい白い車だったということです。運転していたのは大柄の女、マスクと手袋をしていたそうです」

「リカか?」

「わかりません。ですが、おそらくは」

白い車、と篠崎班長がつぶやいた。

「どんな車だったんだろう」

「わかりません。小さな車という以外には何も」

「軽かな」

「どうでしょう」

わたしは肩をすくめた。三係の意見は、と篠崎班長が聞いた。

「三係からは奥山刑事が同行しました。彼の意見も、その白い車を運転していたのはリカではないかと」

「時間を確認しよう。子供たちが山に登ったのは何時だ?」

「七時三十分です」

「それから?」

「八時には山頂に着きました。車が出ていったのはその直後です」

「宮野老人から警察に連絡が入ったのは、七時四十五分頃だったな」

「そうです」

「三十分後、警察官が山に入った。すぐに連絡があり、八時半に山は封鎖された」

「はい」

「つまり、八時から八時半までの三十分の間に、リカと思われる犯人は車で山を下りたことになる」

「そうですね」

篠崎班長が無言のまま電話機を引き寄せた。ボタンを押すと、スピーカーホンから声がした。

「こちら三係」

「コールドケース捜査班の篠崎ですが」

「はい」

「沢野《さわの》警部補をお願いします」

「はい」

篠崎班長が受話器を取り上げて耳に当てた。早口で話し始める。ではそのように、と言って受話器を置いた。

「三係も動き出している」篠崎班長が説明した。「敬馬山には宮野が下りた道以外に、下山ルートは一本しかない。そして問題の白い車が下りていった先には国道がある。そこへ出るところに交差点があり、そこにNシステムが設置されているそうだ」

「ということは？」

「登山道から下りていった車は、そこを通過しなければならない。つまり、必ず白い車のデータは残っているということだ」

「そのデータは？」

わたしは言った。慌てるな、と篠崎班長が苦笑した。

「警察庁に送信されている。今、そのデータを西八王子署に送っているということだ。君たちにも確認してほしいという要請があった」

わかりました、と孝子が立ち上がった。わたしもそれに続いた。

2

わたしたちは三係がいる別室へと向かった。入っていくと、捜査官たちが三十名ほどいた。

「こっちだ」

奥山の声がした。わたしたちは声の方を見た。言われるまま奥に進む。

部屋の隅に、数台のパソコンとモニターがあった。奥山がパイプ椅子を持ってきて、その前に座った。

「君たちも座った方がいい」

わたしたちも手近にあった椅子を持ってきて、それぞれモニターの前に座った。

「七時から八時、八時から九時のデータが送られてきた」奥山がモニターを指さした。「たった今届いたばかりだ」

モニターは電源が入っていた。音は聞こえない。奥山がパソコンを操作すると、モニター画面に交差点の画像が映った。右上に時間が表示されている。

「早朝だ。車は少ない」

奥山の言う通りだった。Nシステムでは、車が通った時だけ画像が撮影される。時刻は七時一分。

「子供たちが山頂に着いたのは七時半よ」孝子が言った。「問題の白い車は彼らが山頂に到着したすぐ後に山を下りている。白い車を運転していた人間がここを通るのは、七時半以降だわ」

「まあ焦るなって。順番に見ていこうじゃないか」

奥山が言った。確かに、何かが映っているかもしれない。わたしたちは画面を見つめた。

トラックが映し出された。業務用のトラックだ。正面から撮影されていて、ナンバーや運転者の顔もわかった。

「白い、小さな車」孝子がつぶやいた。「早く出てこないかな」

「まだ出てこないだろう」奥山が言った。「お、タクシーだ」

画面にタクシーが映っていた。空車、という赤い表示が見える。

「こんな時間に客が捕まるとでも思っているのかな」

奥山が腕を組んだ。夜勤明けじゃないかしら、と孝子が言った。

「誰か客を乗せていった帰りとか」

「こんな時間に？」

「しかも、こんな田舎を？」

わたしと奥山が同時に言った。例えばの話よ、と孝子が手を振った。

「トラックばかりね」

そうだな、と奥山がうなずいた。わたしは画面右上の時刻表示を見つめていた。車の画像が映るたびに、時刻も変わっていた。

「ストップ」わたしは片手を挙げた。「そろそろ七時半よ」

時刻表示が七時三十分を示している。画面には濃紺のＢＭＷが映し出されていた。

車の通行量は増えているようだった。映し出される車の数もそれまでより増えていた。トラックが主だが、時々自家用車も交じるようになっていた。

「そろそろかな」

奥山が身を乗り出した。もっと真剣に見なさい、と孝子が言った。

「わかってるって」

うなずいた奥山の肩に孝子がそっと触れた。

「タクシーだ」

奥山が言った。わたしはそのナンバーをメモした。

それからの十分間はその繰り返しだった。車が映るたび、そのナンバーを書き取っていく。別に難しいことではない。わたしはその作業をひと言も喋らず、機械的に続けた。

「七時四十分になった」奥山が額の汗を拭った。「そろそろ来てもおかしくない時間だ」

画面の右上に時刻が映っている。七時四十分だった。

「敬馬山から車でここに下りるまで、どれくらいかかるのかな」

孝子が言った。わからん、と奥山が肩をすくめた。

「子供たちの話によれば、車はかなり速いスピードで山を下りていったという。徒歩で三十分かかる道のりだ。車だったらどれくらいになるか知りたいところだ」

「でも山道です」わたしは言った。「細いところもあれば、カーブもあると思われます。そんなに簡単に下まで来られるでしょうか」

孝子がうなずいた。どっちにしても見ていればわかる、と奥山がわたしたちを見た。

「犯人は必ずこの道を通る。通らなければどこにも出られない」

「そうね」

孝子が言った。わたしたちは黙ったまま画面を見つめた。

その瞬間は不意に訪れた。いきなり、白い軽自動車が映し出されたのだ。

「待って」

わたしが言う前に、奥山はパソコンを操作していた。白い軽自動車が正面からとらえられていた。

運転しているのは女だった。白いマスクをしている。サングラスをかけていた。ハンドルを握る手には白い手袋がはめられていた。

「時刻、七時四十五分」わたしは言った。「問題の車を発見」

ナンバーを別の紙に書いて渡した。うなずいた奥山がもう一度見た。

「大柄の女だ」

その通りだった。軽の車体に比べて、女の体は明らかに大きかった。身長百七十五センチぐらいだろう。

　信じ難いほど女は痩せていた。まるで木の枝のようだ。

「リカか？」

　奥山がわたしの方を向いた。おそらくは、と答えた。わたしはリカを写真でしか見たことがないが、今見ている画像はその写真とよく似ていた。

「着ているものは何だ？」

「ブラウスかしら」孝子が首を傾げた。「ほら、ボタンが見える。黄色いブラウスよ」

「下は？」

「わからない。この画面だけでは」

「どっちへ向かってる？」

「八王子市内方面」

　奥山がパソコンに触れた。車がアップになる。画面にはすれ違う車も、後続車もなかった。信号は青だ。

　車と同じく、運転していた女の顔も拡大されていた。データは鮮明で解像度は問題なかったが、大きなマスクとサングラスをしているため、人相はわからなかった。

　わたし個人の判断としては、女は明らかにリカだったが、警察という立場から見ると、とても断言できないだろうと思われた。印象として似ているが、決めつけることはできない。そういうことになるのではないか。

「とにかく、この部分をプリントアウトするしかありません」わたしは言った。「手配写真代わりになるでしょう」

奥山がうなずいた。パソコンに接続されているプリンターを指で操る。機械音がして、プリンターが動き出した。

「これが……犯人なのか」

奥山がモニターを見つめる。間違いないと思います、とわたしは言った。

「時間的にもぴったりだし、何より子供たちの目撃情報とも合います」

「サングラスのことを子供たちは言ってたかな」

「車を運転しながらかけたのよ」孝子が言った。「だけど、これじゃ人相はほとんどわからないわね」

「それはそれとして」わたしは口を開いた。「まずはこの車の手配が先だと思います」

「そうだな」

「車は八王子市内方面へ向かっていると思われます。ということは、犯人の家もそっち方向に？」

「どうかしら」孝子がまばたきをした。「その可能性は高いと思うけど」

「けど、絶対じゃない」奥山が言った。「とにかく、車を見つけよう」

陸運局に連絡する、と立ち上がった。

「車の持ち主が誰なのかを調べるんだ」

「データはどうするの？」

「最後まで君たち二人で確認してくれ。他に似たような車が出てきたら教えてほしい」

「わかりました」

奥山が早足で去っていった。見ようか、と孝子がパソコンに触れた。

わたしたちはデータの続きを見た。白あるいは白っぽい自動車は何台かモニターに映り込んでいたが、運転者が男性だったり車の大きさが明らかに違ったり、その他の理由などで犯人とは思われないものばかりだった。八時から九時のデータまで確認したが、すべて外れだった。

「いよいよ、あの車しかないわね」

孝子が言った。その通りだ。当該車両はあの車しかない。

わたしたちはコールドケース捜査班の部屋に戻り、すべてを篠崎班長に報告した。しばらく待て、というのが班長の命令だった。

「三係からも連絡が来ている。問題の車について、調べているそうだ」

今回の事件に関して、命令系統はひとつだった。捜査一課強行犯三係とわたしたちコールドケース捜査班の合同捜査だったが、命令を下すのは三係だ。

常に三係が上位にいる。それは仕方のないことだった。

ただし、この事件について、情報の交換は円滑だと言えた。通常このような場合には相互の情報交換はおろそかにされがちだったが、そのようなことはなかった。それほどこの事件は重要なものだという認識が警視庁にはあるのだ。

三十分後、三係から連絡が入った。それによると、問題の女が運転していた車は、盗難車ということだった。持ち主は日野市に住むサラリーマンで、今朝になって車が駐車場からなくなっていることに気づき、被害届を出したばかりだという。

そしてそれから一時間後、白の軽自動車がＪＲ八王子駅近くの路上に違法駐車されているのが発見されたという連絡が届いた。

手配車を捜していた所轄の警察官が見つけたということだった。車にはキーが差されたままで、エンジンは切られていたという。

この情報を受けて、西八王子署の捜査本部では捜査会議が行なわれることになった。三係、コールドケース捜査班を含む全体会議だ。わたしたちもその会議に参加した。

まず最初に三係から、犯人が乗っていたと思われる車が発見されたことが伝えられた。正面のスクリーンに車の写真が映し出された。

「これが問題の車両だ」三係長がレーザーポインターで写真を指した。「この車は盗まれたものだ。その時間は昨夜八時から今朝六時半までの間」

日野駅近くの公団住宅の駐車場から盗まれたものだ、と補足説明があった。会議室にどよめきが漏れた。

「被害者は平沼雄二《ひらぬまゆうじ》、四十歳。都内の中堅メーカーで働いているサラリーマンだ。ゆうべ八時、自宅に帰った時、車は確かにあったという。それは平沼の妻も確認している。それが今朝、六時半の段階で平沼が出社するため家を出たところ、駐車場から自分の車が消えていることに気づいた。すぐに警察に届けたというが、事件の犯人によって盗まれたことは間違いない」

先を続けろ、と捜査一課長が言った。誰もが沈黙を守っていた。

「鑑識の調べでは、車からは何の証拠も発見されなかった。指紋ひとつ、髪の毛一本残っていない。犯人はよほど注意深く車を盗み、運転していたものと思われる。なお、ついでに言っておくと、駐車場に監視カメラの類はなかった。偶然なのか、それともそれを知った上で盗んだのか、それは不明だが、おそらく犯人はそれを知っていて、平沼の車を盗んだものと思われる」

挙手する者がいた。三係の刑事だった。

「ということは、犯人は下調べを？」

「事前にしていた可能性がある」三係長がうなずいた。「他に何か」

「犯人は駐車場までスーツケースを引っ張ってきたということですか」

「それはわからん」三係長が首を振った。「もちろんその可能性もある。だが、車だけを盗んで、それからアジトに戻った可能性もある。何とも言えない」

「公団付近にNシステムは？」

「公団の周りにはない」

挙手していた男が手を下げた。三係長が左右を見る。

「いずれにせよ、犯人のアジトは遠くはない。日野、八王子近辺にあるはずだ。今から担当区域を割り振る。空き家、アパート、マンションなどの空き部屋、建設途中の家など、すべてを当たってくれ」

それでは捜査一課長から犯人のその後の足取りについて話がある、と三係長が言った。捜査一課長がマイクを握った。

「本日発見された平沼の車は、JR八王子駅にほど近い場所で見つかっている。JR及び京王電鉄双方の八王子駅に協力してもらい、犯人が駅を使ったかどうか監視カメラの映像を提出してもらったが、今のところ見つかっていない。駅を使ったのではないとすれば、どこへどうやって逃げたのか。バスか、タクシーか、あるいは徒歩か。いずれにせよ、目撃者情報はない」

奥山が手を挙げた。

「駅周辺の監視カメラにも犯人の姿は映っていないのですか」

「現在調査中だ」

「八王子駅について詳しくはありませんが、JR中央線の駅です。それなりに大きいでしょう。商店なども数多いと考えられます。問題の女が監視カメラの類に映っている可能性は大きいのではありませんか」

「その通りだろう。今、調べている」

奥山が座った。一課長がマイクを握り直した。

「それでは、今から資料を配布する。空き家などのローラー作戦を行なう」

ペーパーが回ってきた。わたしたちはその資料に目を通した。

3

わたしと孝子が担当することになったのは、八王子市内の一角だった。

三係からは奥山が一緒に来ていた。わたしたちは所轄の案内でパトカーに乗った。運転席に座っていたのは制服を着た警官だった。

「上も気を遣ってくれてるんだなあ」

助手席に乗った奥山が言った。孝子が苦笑した。

「ありがたいことじゃない」

「そう思ってるよ」

「本当に？」

本当に、とシートベルトをつけた奥山がこっちを見た。顔に微笑が浮かんでいる。

「こんな大きな事件が起きたら、普通ならぼくは捜査本部に詰めきりになっちまう。当然、君とは会えなくなるはずだ」

「そうね」

「ところが、コールドケース捜査班との合同捜査になったおかげで、こうして毎日顔を合わせることができる」

指示を待つ運転席の警官に、行ってください、とわたしは言った。はい、とうなずいて、警官がパトカーを発進させた。

「近いんですか？」

「指示された場所は、駅から二十分ほど走ったところです」

警官が答えた。緊張しているようだった。

「八王子は広いからな」奥山が言った。「捜すといっても、相当手間がかかるぞ」

警官がバックミラー越しに後部座席のわたしたちを見た。

「そうですね。これから行くあたりにも空き家、アパート、マンションなどの空き部屋、廃ビルなどが、かなりたくさんあります」

「廃ビル？」

「百円均一ショップが入っていたビルがあったんですが、そこが移転することになりまして、現在は空いております」

その他これです、と警官がダッシュボードの上にあった紙束を指した。奥山が手を伸ばしてそれを取り上げた。

「ファクスか」

「不動産屋に照会をかけたところ、これだけの空き家、空き部屋があるということです」

警官が答えた。リカが住んでいるかしら、と孝子が言った。

「可能性はある」

わたしはうなずいた。かつて、リカは山梨県の空き施設を自分のものとし、そこに暮らしていた。八王子市内にアジトを構えていることがないとは言えない。

「とりあえず、その廃ビルに行ってもらいましょうか」奥山が警官の肩を叩いた。「気になると言えば気になる」

「了解しました」

警官がアクセルを踏み込んだ。スピードが増す。

「それにしても」奥山が口を開いた。「嫌な事件だな」

「そうね」

孝子が言った。奥山が振り向いた。

「早く捕まえたいね」

わたしは無言のままうなずいた。リカを逮捕したい。それは警視庁全警察官が願っていることだ。

リカは逃亡の際、救急隊員二名と警察官一名を殺害している。警察は身内への犯罪に対し、厳しい。しかも、殺されたとあってはなおさらだった。

そして、わたしには個人的にもリカを捕まえたい思いがあった。菅原刑事だ。わたしを一人前の刑事にするために育ててくれた恩を忘れてはいない。

その菅原刑事は、今や廃人だった。そうしたのはリカだ。

パトカーは順調に走っていた。警官は問われたこと以外、何も話さない。

わたしはもともと無口な方だ。必然的にパトカー内のお喋りは奥山と孝子のものになっていた。

二人はよく喋った。事件のこと、あるいはそれ以外のこと。よくもまあこれだけ話題があるものだ、というぐらい話に夢中だった。

車内で二人は二人だけの空間を作っていた。そこにわたしや運転している警官の姿などはない。

「そろそろ着きます」

警官が言うと、さすがに二人は話すのを止《や》めた。車が大きく右に曲がった。スピードが落ちる。

「こちらのビルです」

わたしたち三人はパトカーを降りた。目の前に三階建てのビルがあった。

看板に大きく〝百円均一ショップ〟とある。だが、建物の一階はがらんどうだった。

「入ってみますか」パトカーで待つように、と奥山が警官に指示した。「行こう」

わたしたちは後ろに続いた。ドアは開いている。中に入ると、白い木製の棚がたくさん並んでいた。

「ほこりだらけだな」奥山が言った。「人がいた気配はない」

奥に階段があるわ、と孝子が言うので、わたしたちはそちら側へ回った。

「人気《ひとけ》はないわね」孝子が階段に足をかけた。「外れかな」

「たぶん」でも一応確認してみよう、と奥山が先に立つ。「上だ」

二階に上がったところで振り向いた。そのまま扉に手をかける。

事務机が十台ほど並んでいた。パソコンなどはない。ただ机があるだけだった。

「事務所ってところだな」奥山が机の間を歩いた。「何もない」

わたしは壁のスイッチに手をやったが、電気はつかなかった。

「どう思う?」

奥山が聞いた。わたしたちは同時に首を振った。

「人がいた感じはしない」

「三階へ行こう」

奥山が先に立って階段を上っていく。スチールの扉があった。

「開くかな」

ドアノブに手をかけると、あっさりと扉は開いた。一瞬、わたしたちの間に緊張が走ったが、中には誰もいなかった。

「こんなものさ」

奥山が言った。そう、こんなものなのだろう。

刑事という職業においては、百の無駄足を踏むことが必要だ。誰もいない。それが現実だった。

「まあ、最初から当たりを引くことはないよ」

奥山が片目をつぶった。仕方がない。戻りましょう、と孝子が言った。外に出ると、ハザードをつけたパトカーが待っていた。

「どうでしたか」

警官が言った。何も、と奥山が首を振る。わたしたちはパトカーに乗り込んだ。

「次へ行ってみよう」

警官がパトカーのエンジンをかけた。

4

三週間が経った。

ローラー作戦は続いていた。その範囲は広がっていった。豊田駅、高尾駅周辺の空き部屋が捜査対象とされた。

だが、何も見つからなかった。唯一、日野市内の古いアパートの一室にホームレスの老人が隠れて暮らしていたことがわかったが、収穫はそれだけだった。

JR八王子の駅前で見つかった車について、徹底的に調査が行なわれたが、何も得るものはなかった。

停められた車の近くに銀行があった。銀行の監視カメラが車を降りる大柄の女の姿を一瞬映し出していたが、まるでそれを知っていたかのように女はカメラの死角に回っていた。駅方向に向かったのか、それとも別の方向へ行ったのか、それさえもわからなかった。

JR及び京王電鉄両八王子駅の監視カメラのデータはすべて回収され、それを担当の警官が全部チェックした。だがそこに女の姿はなかった。

女が車を乗り捨てたと思われる時間に運行していたバス及びタクシーの運転手に対して事情聴取が行なわれていたが、こちらも何も出なかった。サングラスに白いマスク、白い手袋をした大柄の女について、見た者は誰もいない。

その時間に双方の八王子駅付近を通ったと思われる者に対して、徹底的な聞き込みが行なわれたが、女を見た者はいなかった。サングラス、白いマスク、白い手袋の大柄な女というのは逆に目立つだろうが、目撃者は出なかった。

　車が盗まれた日野市の公団住宅においても当然、不審人物の目撃がなかったかどうか、住民に対して聞き込みをしていたが、見知らぬ大柄な女の目撃者はいなかった。

　女は間違いなく公団住宅を下見していたはずだったが、誰に聞いても答えはノーだった。誰も見ていない。幻の女だ。

　その間、わたしたちは西八王子署の捜査本部に詰めきりだった。自宅に帰るのは着替えを取りに行く時だけ、それ以外の時間はすべて捜査に充てられた。

　本間隆雄の遺体をスーツケースに入れて敬馬山に捨てた犯人はわかっている。リカだ。リカ以外に考えられない。

　そしてわたしたち警察はリカについて、写真、声、その他さまざまな情報を持っていた。日本の警官は決して無能ではない。むしろ、優秀と言ってもいいだろう。そして警視庁は可能な限りの人員を割いて、この事件の捜査を進めていた。

　見つからないはずはなかったが、現実は逆だった。どこをどう捜してもリカは出てこない。どこから来たのか、そしてどこへ行ったのか。三週間徹底的な捜査が行なわれたが、何も出なかった。

　この時点で本庁から命令が出た。ローラー作戦は三係に任せ、コールドケース捜査班は本庁に戻れというものだった。それは捜査本部の縮小を意味していた。

現場レベルでは、ローラー作戦に参加したいという声も出ていたが、命令は絶対だ。わたしたちは本庁に戻った。

そこで命じられたのは、十年前の事件の再検証だ。いわゆるリカ事件について、もう一度調べ直せという命令だった。

わたしたちは篠崎班長の指示に従い、リカ事件を再構築した。なぜリカは本間隆雄と知り合ったのか。なぜリカはあれほどまでに本間に執着したのか。なぜリカは探偵の原田を殺したのか。

なぜリカは本間の娘を誘拐したのか。なぜリカは最終的に本間隆雄をさらって逃げたのか。そしてどこへ。

既に徹底的に捜査が行なわれていたが、今回の再捜査はさらにそれを検証するというものだった。調べていけばいくほど、わかったのはリカの異常性だった。

リカは普通の犯罪者と違う。誰にも理解不能なほど、どす黒い心の闇を抱えている。

それから一週間近く経った。三係からもたらされた情報によれば、リカがアジトにしていた場所の特定は未だできていないということだった。

さらに捜査範囲を広げるよう検討されているというのが現状らしい。ちょっといいかな、と孝子が声をかけてきたのは、水曜日のことだった。

「何?」

ちょっと来て、と孝子が言った。わたしは見ていた資料をそのままにして、彼女の後を追った。

孝子が近くの会議室のドアを開けた。そこには誰もいなかった。

「入って」

「どうしたのよ」

わたしは聞いた。孝子の表情は暗かった。

「……奥山が電話に出ないの」

くだらない、とわたしは言った。それどころではないだろう。

「そりゃ電話に出られないことがあるのはよくわかってる。でも、いつもと違うの」

「違うって?」

「メールを送っても、連絡がない」

わたしは苦笑した。

「愛し合ってる二人にも不安はあるのね」

「冗談言ってる場合じゃないのよ」孝子の声が高くなった。「こんなこと、今までなかった。

何があってもメールぐらいはくれた。それが、まったくないの」

「そんなこともあるわよ。こんなに忙しいんだから」

「二日よ」

「たった二日！　たいしたことじゃない」

「あたしたちの場合、たいしたことなのよ」

孝子は不安そうな表情をしていた。わたしは初めて真剣になった。

「どうしたいって言うの」

「奥山の家に行きたい。一緒に来てくれない？」

別にいいけど、と答えた。奥山の家がどこにあるのか知らないが、そう遠くはないだろう。行ってみるぐらい何ということはない。

わたしたちはお互いを静かに見つめ合った。

5

奥山が住んでいるマンションは高円寺にあるということだった。今わたしたちがいる警視庁庁舎からはそれほど遠くない。一時間もあれば着くだろう。

孝子は一刻も早く奥山のマンションに行きたがっていたが、お互い仕事が残っている。すぐに庁舎を出ることは難しかった。

わたしたちはそれぞれにリカ事件に関する調査を進めた。一日の仕事が終わったのは、午後六時頃だった。

「行ける？」

孝子がデスクに来て言った。もうすっかり帰り仕度を整えている。ちょっと待ちなさいよ、とわたしは苦笑した。

「もうすぐだから」

「六時になった」

「わかってる。もう少しだから、その辺に座って待ってて」

コールドケース班の仕事は、その性質上、一日を争うということはない。わたしも含め、班員たちの帰宅時間は通常七時前後だったが、六時に帰ってもおかしくはない。

わたしは黙々と資料をパソコンに打ち込み、孝子はうろうろと落ち着きない態度でそれを待っていた。

孝子の方は、と声をかけた。

「終わったの？」

「今日の分はね」

孝子が言った。そう、とわたしはエンターキーを押した。

「後はプリントアウトするだけだから」

「わかった」

マウスを動かして、印刷のボタンを押した。すぐにプリンターが動き出す音がする。わたしはジャケットを着た。

「何枚あるの」

「二十枚ぐらい」

孝子がうなずいた。わたしはプリンターの前に回り、印刷された紙が出てくるのを待った。すべて出たところで枚数とナンバーを確認し、クリップで留める。

「篠崎班長に渡してくる」

その資料を持って、篠崎班長のデスクに向かった。

「お疲れ」

篠崎班長が資料に目を通し始めた。内容を読んでいるわけではない。書式としてきちんと整っているかどうかを確認しているのだ。

「結構」

「それでは、帰ります」

「どうした。何かあったか」

「いえ、別に。仕事が終わったので」

「お疲れさま」

篠崎班長が微笑んだ。わたしは孝子のもとに戻った。

「終わったよ。いつでも出られる」

「じゃあ行こう」

孝子がスマホに目をやる。メール来た？　とわたしは尋ねた。返信なし、と首を振る。

「こんなことなかった」

わたしはバッグを取り上げ、肩から下げた。

「そうなの？」

うん、とうなずきながら孝子が歩き出した。その後に続いて長い廊下を歩き、エレベーターホールに出た。

「三係には聞いたの？」

孝子が無言でエレベーターのボタンを叩いた。どうなのよ、ともう一度聞いた。

「三係の丸山さんに聞いてみた」

丸山というのは奥山と同年輩の刑事で、親しくしている友人だというぐらいの話は聞いていた。

「何だって？」

「そういえばしばらく見てないなあって。のんきなものよ」

「いつから？」

「わからない。三日前の捜査会議には出ていたっていうけど、その後のことは何も」

「他の人には？」

「聞いてない」

孝子が奥山と交際していることは、内部でも限られた人間しか知らない。公にするにはまだ早い、というのが奥山の意見で、孝子もそれに同意していた。

照れくさいということもあったのだろう。あまり多くの人に聞くことはできないという事情はよくわかった。

「電話はしたの？」

「したし、伝言も残した」孝子が言った。「それでも返事はなし。こんなこと、今までなかった」

「心当たりは？」

「ない」

わたしたちは降りてきたエレベーターに乗り込んだ。ちょうど事務方の連中が退庁する時間と重なっていたため、混んでいた。わたしと孝子は無言になった。

エレベーターがそれぞれの階に止まり、新たに人が乗り込んでくる。そしてようやく一階に着いた。わたしたちは狭い箱の中から外に出た。

「行きましょう」

孝子が言った。うなずいてから時計を見た。六時二十分だった。

6

高円寺へ向かう電車は混んでいた。わたしたちは吊り革につかまったまま言葉を交わした。

「電話に出ないって、どういうこと？」

わたしは聞いた。鳴るのは鳴るんだけど、と孝子が言った。

「すぐ留守番電話に切り替わっちゃうの」

「何回も電話した？」

「さあ……五、六回じゃないかな」

「今まで、そんなことは？」

「まあ……ないとは言えないよね」孝子が渋々認めた。「大きな事件が起きた時なんかは、一週間電話がつながらなかったこともある」

「今回もそういうことじゃないの？」

「だけど、メールはくれた」

孝子が唇を尖らせた。そうですか、とわたしはあえて冗談めかして言った。

「どんなメール？」

「たいしたことじゃないのよ。生きているとか、飯は食ってるとか、そんな内容」

「刑事の恋人は大変ね」

「まあね」孝子が苦笑した。「いろいろ面倒よ」

「孝子、本当に刑事辞めるの？」

「結婚したらね」

「奥山さんはそれでいいって言ってるの？」

「どっちでもいいって。辞めてもいいし、続けてもいいって」

わたしと孝子は自他共に認める親友だ。コールドケース捜査班という警察でも特殊な部署において、誰よりも互いのことを信頼している。

孝子と奥山がつきあっていることを知らされたのも、おそらく一番早かっただろう。わたしたちの間に秘密はなかった。

電車が大きく右に揺れた。わたしは吊り革につかまりながら、足を強く踏ん張った。

「メールもないっていうのは、おかしいわね」

そうなの、と孝子がうなずいた。

「どんなに忙しくても、一日最低一本はメールをくれるって、そういう約束をしていた。お互い、忙しい時はあるけれど、メールを打つ時間ぐらいはあるはずだって。それを言い出したのは奥山の方だった」

「何か極秘の任務についているのかな」

「聞いてない」

「だって、極秘の任務だもの。わたしたちだって、そういう場合あるでしょ」

「それでも、メールぐらいは打てるはずだわ」

孝子が不機嫌そうに言った。じゃあ、とわたしは可能性のあることを言ってみた。

「携帯電話をなくしたとか」

「そんな間抜けに見える？」

「人間、誰しも間違いはある」

「もしなくしたら、誰だってすぐに代わりを手配する」

「そんな時間もなかったかもしれない」

まあね、と孝子が首を振った。

「何か緊急の捜査があって、奥山さんはそれに駆り出された」わたしは言った、「そして同時に携帯電話をなくした。それで連絡がつかなくなっているのかも」。

「奥山はリカの事件にかかりきり。それは尚美だってわかってるでしょ？　今は他の事件に首を突っ込んでる場合じゃない」

孝子の言う通りだった。奥山は今、リカの事件の捜査本部にいる。そしてリカの行方を追っている。

三係の丸山刑事によると、三日前の捜査会議には出ていたという。それからどこへ行き、何をしているのか。

「三係長には話を聞いたの？」

「聞けないわ、そんなこと」

孝子がぼそりとつぶやいた。それもそうだろう。三係長は奥山と孝子がつきあっていることを知っているが、二日間メールがないだけで心配しているという話になれば、単に奥山が携帯をなくしただけだった場合、今後冗談の種にされるのはわかりきったことだ。

「そりゃ、聞けないわね」

電車がまた大きく揺れた。

「最近話したのはいつ？」

ほとんど話してない、と孝子が肩をすくめる。

「事件が起きてから、三係とコールドケース班が合同捜査をしていた時には話したけど、最近はさっぱり」

「でも、メールは交換した？」

「うん」

「一日何回くらい？」

「わかんない……十回かそれぐらいかなあ」

十回！　とわたしは吊り革から手を離して孝子の肩を突いた。

「女子高生じゃないのよ、いい歳した大人が一日十回もメール交換するなんて」

「いけない？　それしかコミュニケーション取りようがないのよ、あたしたちの場合」

刑事というのは不思議な職業だ。時として暇で仕方ないこともあるかと思えば、食事をする時間、寝る時間さえなくなることもある。

奥山と孝子はそんな仕事についていた。メールでしかお互いの関係を深めることができないというのも、無理のない話だったかもしれない。それにしても、とわたしはちょっと笑った。

「孝子たち、つきあい出して五年だっけ？」

「五年半」

「それだけつきあってて、まだ確認が必要なの？」

「尚美にはわからないのよ」

わかりませんねえ、とわたしはずり落ちたバッグを持ち直した。

「そんなに不安？」

不安よ、と孝子がため息をついた。

「あたしたちはいい。コールドケース班っていうのは、要するに書類仕事、デスクワークだからね。でも彼は違う。強行犯三係は、捜査の最前線でしょ。もしかしたら、直接犯人を逮捕しなければならない場合もあるし、凶器を持っていることだって十分にあり得る。いつそんなことになるかは誰にもわからない。そういう仕事なのよ」

「それは……その通りだけど」

三係とコールドケース捜査班を比較して、どちらが上と言ってるのではない。ただ、コールドケース捜査班の主な仕事は証拠集めで、犯人と直接対決することはまずない。

それに対し、三係の刑事は危険な局面に直面することがある。最終的に犯人を逮捕するのは現場の刑事である奥山たちだ。

何が起きるかわからない場所へ彼らは行く。どんな危険が待っていようとも、彼らは行かなければならない。それが仕事なのだ。

「奥山はいい刑事よ」孝子が口を開いた。「粘りもあるし、直感力にも優れているし、分析能力も高い。それに、何より経験を積んでいる。年齢もちょうど脂が乗りきっているところ。でも、どんなに優秀な刑事でも間違いは起きる。何があってもおかしくはない。あたしは彼のことを信じている。でも不安がないと言ったらそれも嘘になる。ううん、いつだって不安よ」

アナウンスの声が流れた。次は中野だ。

「まあ、心配するようなことじゃないわよ」

わたしは強引に話をまとめた。それほど孝子は思い詰めた表情になっていた。

「賭けてもいい。奥山さんは携帯電話をどこかに置き忘れている。そして忙しさのあまり、定時連絡を忘れてしまった。そういうことよ」

そうね、と孝子がうなずいた。それからは何も話さなかった。

7

高円寺の駅でわたしたちは電車を降りた。孝子が前に立ち、改札を抜ける。

「遠いの？」

十五分ぐらいかな、と答えがあった。

「結構あるのね」

並んで歩いた。孝子は足早になっていた。

「まあね。刑事っていったって、結局は公務員だもの。そんないいところには住めないわ」

世間がどう考えているか知らないが、刑事は意外といいサラリーをもらっている。だが、しょせんは公務員だ。破格の金額をもらっているわけではない。高円寺駅から十五分というのは、警視庁に勤務する刑事として平均的な住まいと言えるだろう。

「マンションって言ったわよね」

「うん」

「買ったの？」

「まさか」苦笑した孝子がわたしの方を見た。「賃貸よ」

「この辺の相場っていくらぐらいなのかな」

「さあ。でも、彼の家賃は十四万円。駐車場代も入れてその金額だから、まあ格安ってところかな」

奥山が車を持っていることは孝子から聞いて知っていた。二人はたまに休みが重なると、ドライブデートを楽しむのだという。奥山にとって運転は趣味なのだということも聞いていた。

「確かに、それは安いわね」

「まあ、築三十年の中古マンションだから」

「間取りは？」

「２ＬＤＫ」

「広いのね……一人暮らしなのに」

「だって古いもの」

「結婚したらどうするの？　そこで一緒に住む？」

「考え中。まあ、最初のうちはそういうことになるかもしれない」

大通りを曲がった。急に道が細くなる。

「２ＬＤＫだったら、二人で暮らすには十分よね」

「でもねえ……正直言って、ボロいのよ」孝子が言った。「新居としては最低ね」

「孝子さんとしては、夢の新居をどういうふうに考えていらっしゃるの？」

わたしは冗談めかして言った。

「そりゃ、できれば新築がいいわ。多少場所が遠くなってもね」

「買うの？」

「ローンは組めると思うのよ。公務員だから、銀行もすぐ融資してくれるんじゃないかな。若いうちに買っちゃう方が、後が楽かなって気もしてる」

「すごい、三十三で持ち家？」

「まあ、それぐらいの夢があってもいいでしょう」

「子供は？」

「ああ、子供ねえ……欲しいわ」孝子が言った。「できれば二人、男の子と女の子」

「理想的な話ね」

「理想というより、夢ね。そんなふうになれたらいいなって、そういうこと」

「子供二人だと、やっぱり警察に勤めているのは難しいよね」

「そうねえ……やっぱり辞めることになるかもしれない」

「寂しくなる」

そんなこと言わないで、と孝子が笑った。その笑顔はとてもきれいだった。

「遊びに来てよ」

「行く行く。呼ばれなくても押しかけちゃう」

「尚美はどうなの？」孝子が立ち止まった。「彼氏は？」

「募集中」

再び孝子が歩き出した。わたしはその後に続いた。

「まあ、こんなこと言いたくないけど、適当なところで妥協しないと駄目よ」

「奥山さんは妥協の産物？」

「そうじゃないけど……男なんて、上を見たら限りがないってこと」

「紹介してもらうわ、奥山さんに」

「してくれると思うよ」

さあ、着いた、と孝子が言った。わたしたちの目の前に六階建てのマンションがあった。築三十年というだけあって、その外観は古びていた。正直言って、かなりの年代ものだ。壁は雨風で汚れていた。

「ここ？」

「そうよ」

孝子が先に立って歩き出した。建物の中に入っていくのかと思ったが、裏手に回る。そこは駐車場だった。

「車は……あるわね」

孝子が青のセダンを指さした。

「奥山さんの車？」

「うん」

「新しいわね」

「車だけはね」孝子が言った。「とにかく、車を使っていないことは確かだわ」

ちょっと待って、とバッグからスマートフォンを取り出した。画面に触れてから耳に当てる。

「どこにかけてるの？」

「奥山」

言葉少なく孝子が答えた。しばらくそのままの姿勢でいたが、やっぱり、とつぶやいて電話をバッグに戻した。

「出ない？」

「うん、留守番電話」

マンションの正面に回ると、ドアは開きっ放しだった。オートロックではないらしい。

「何階？」

「六階の六〇五号室」

孝子が建物の中に入った。目の前に集合ポストがある。六〇五号室の箱の前に進んだ。

「チラシがたくさん」

孝子が指さした。

「帰ってないみたいね」

そうね、とうなずいた。それは、刑事にとって見慣れた光景だった。

事件が起これば、刑事は捜査本部に詰めっぱなしということになる。何よりも優先されるのは事件の解決だ。

そのために連日捜査本部に泊まることになるのも珍しくはない。今回のリカ事件がまさにそうだったが、ポストに郵便物が溢れるのはよくあることだった。

「行こうか」

孝子が相当にくたびれた様子のエレベーターのボタンを押した。わたしは時計を見た。七時二十分。

「まったく、どこへ行ったのやら」

孝子が言った。エレベーターが降りてくる。

「三係は三係で大変なのよ」

エレベーターが一階に降りてきた。ドアが開く。

孝子が六階のボタンと閉のボタンを慣れた手つきで押した。すぐにドアが閉まり、エレベーターが昇り始めた。

「無駄だと思うな。家にはいないよ」

わたしは言った。かもしれない、と孝子がうなずく。会話はそれきりだった。

エレベーターが六階に着いた。ドアが開く。孝子が先に立って降りた。

長い廊下を歩き出す。しばらく進んだところで立ち止まった。六〇五号室の前だった。

「新聞が」

ドアポストに新聞が突っ込まれていた。一部ではない。数えてみると三部あった。

「今日、昨日、一昨日ね」

「どこかに行ってるのよ」わたしは言った。「帰ってきてないんだわ」

「かもしれない」

チャイムを押した。返事はない。誰もいないのだ。孝子がバッグからキーホルダーを取り出し、何本かある鍵の中の一本を鍵穴に突っ込んだ。

「いいの？　そんなことして」

「いつものことよ」

鍵が開く音がした。ドアノブに手をかけ、そのままドアを開けた。

中は真っ暗だった。孝子が壁に手をやって、スイッチを押した。照明がつく。目の前に廊下があった。

「次郎？」

孝子が呼びかけた。答えはない。いないのよ、とわたしはつぶやいた。

「入るわよ」

孝子が靴を脱いだ。わたしもそれにならった。孝子が大股で廊下を進んだ。後に続く。

リビングルームがあった。キッチンがついている。

「次郎？」

もう一度孝子が呼んだ。スイッチを押して明かりをつける。カーテンは閉まったままだった。

「いないのよ」なぜかわたしの声は震えていた。「外出してるんだわ」

孝子が何も言わずに廊下に戻った。玄関脇に部屋がある。そのドアを開けた。

「次郎？」

壁のスイッチを押す。照明がつく。ベッドが見えた。布団。

そこに短髪の男が横になっていた。孝子がひとつ大きなため息をついた。

「何寝てるのよ」

ベッドに近寄り、布団の上から男の肩を叩いた。その瞬間、首だけがベッドから転がり落ちた。

何が起きたのか、わたしにはわからなかった。

ベッドから落ちた首がごろりと転がって、目の前で止まった。顔がこっちを向いている。

その顔には目がなかった。目だけではない。鼻も、唇も、耳もなかった。髪の毛がべっとりとした血で汚れていた。

わたしはそのまま崩れるように床に座り込んだ。顔から目が離せない。

男の顔をじっと見つめた。それは紛れもなく奥山刑事の残骸だった。

孝子が無言でベッドの布団をはいだ。横たわっていたのは首のない男の体だった。

両手、両足には手錠がかけられている。そして体のすぐ脇に、眼球と鼻と唇と耳が置かれていた。

シーツは血で汚れていた。鼻をつく嫌な臭い。

どれぐらいの間そうしていただろう。数秒か、数十秒か、数分か、とてつもなく長い時間のように思えた。

「……次郎」

孝子がささやいた。何も返事はない。当然だ。奥山刑事は殺害されていたのだ。

「……孝子」

わたしは泣いていた。

「尚美、一課に連絡して」孝子が静かな声で言った。「奥山刑事が殺されたって」

わたしは操り人形のようにバッグの中からスマホを取り出した。捜査一課の直通番号を探す。ボタンを押した。

「はい、一課」

すぐに相手が出た。コールドケース捜査班の梅本です、と名乗った。

「ああ、どうも」声の調子が変わった。「どうしました。うちに直接電話してくるなんて」

山岡《やまおか》です、と相手が言った。山岡刑事のことは何となく見覚えがあった。まだ若い刑事だ。

「ちょっと……その……大変なことが起きました」

「何です？」

「……三係の奥山刑事が……殺されました」

「もしもし？　何を言ってるんですか？」

わたしは目の前の首を見つめた。目があったところに暗い穴があった。鼻はない。口が大きく裂かれている。耳元まで深く切られていた。

「……三係の奥山刑事が……殺されました」

同じ言葉を繰り返した。どういう意味ですか、と山岡刑事が聞いた。

「……殺されたんです。わたしと……青木刑事とで、自宅で発見しました」

「誰の自宅です？」

「奥山刑事のマンションです」

「なぜ、あなたたちが奥山さんのマンションに？」

「それは……いろいろあって……」

ちょっと待ってください、という声がした。わたしは電話機を右手から左手に持ち替えた。

「孝子……孝子、何をしてるの？」

孝子が奥山の体に触れている。奥山はワイシャツにスラックスという姿だった。ネクタイはしていない。あお向けに寝ていた。

「もしもし、三係長の藤巻だ」

声がした。わたしは電話にしがみついた。

「コールドケース捜査班の梅本です」

「わかってる。どうした。何があった」

胸の奥から突き上げてくるものがあった。横を向いて口を開くと、大量の吐瀉物《としゃぶつ》が溢れ出た。

「もしもし、聞いているのか。梅本」

後から後から吐瀉物が流れ出てくる。わたしの周りに今日昼食に食べたミートソースが溜まった。

「梅本、どうした」

口を拭った。胃液がこみあげてくる。

「……梅本です」

「どうなってる。何があった」

「至急来てください……奥山刑事が自宅マンションで……殺されているのを発見しました」

「自宅で？　誰にやられたんだ」

「……不明です」

「状況は？　殺されたというのはどういうことだ」

「……首を……切断されています」

黄色い胃液がこぼれた。電話機が濡れる。

「切断？」

「……はい」

「……わかった。とにかくすぐ人を出す。そっちに向かわせるから、君は現場保全を頼む。他に誰かいるのか」

「……青木刑事がいます」

「わかった。奥山の自宅だな」

「……そうです」

「すぐに行く。君たちは待ってろ。何も触れるな。わかったな」

「……了解しました。早く来てください」

すぐだ、と言って藤巻三係長が電話を切った。わたしはのろのろとした動作で電話をバッグに戻した。

「……孝子？」

「……リカよ」

孝子がつぶやいた。その通りだ。こんなことをする者は一人しかいない。リカだ。あの女がやったのだ。

眼球をくりぬいたこと、鼻や耳を切り取ったこと、そしてそれらのパーツを並べていることなどは、本間隆雄がされたのと同じだった。

違いと言えば、奥山の場合殺害されているということだけだ。それは、奥山がリカの愛情対象ではないことを意味していた。

孝子があお向けになっている奥山の死体のスラックスに触れていた。そのまま尻ポケットに手をやる。出てきたのは携帯電話だった。

「……孝子？」

携帯を開いて、何かボタンを操作した。何を調べているのだろう。わたしにはわからなかった。

携帯電話のボタンを押した。電源を切っているようだった。そのまま自分のバッグに携帯を突っ込んだ。

「……孝子、何をしてるの？」

「……これはあたしの事件よ」孝子が言葉を吐いた。「三係の事件じゃない。あたしが解決する」

「……孝子」

「必ず仇《かたき》を取ってやる」

孝子が唇を噛んだ。泣いてはいなかった。

「……孝子、だってそれは……」

「みんなには黙ってて。お願い。あたしが自分の手でリカを捕まえたいの」

「……孝子」

「……殺してやる」

孝子がつぶやいた。わたしは何も言えなかった。目の前に転がっている奥山の首。それは間違いなくリカが切断したものだ。まるで子供がトンボの首をむしり取るように、リカは奥山の首を切断していた。

「……信じられない」

わたしは目をつぶった。サイレンの音が遠くから聞こえてきた。

8

ドアがノックされたのはそれから五分後のことだった。

わたしは玄関に出て、鍵をしていないドアを開けた。制服の警官が立っていた。まだ若い。脅えたような表情をしている。

「高円寺署の坂田《さかた》です」警官が言った。「何かあったということですが」

入るように促した。びくびくした足取りで坂田が家の中に入った。

「すぐ左手の部屋です」

わたしが言うと、入っていった坂田がすぐに出てきた。

「……あれは、何ですか？」

「警視庁捜査一課の奥山刑事です」

「何で……あんな……」坂田が口を手で押さえた。「あんなことを……」

「わかりません」

無線機を手にした坂田が何か喋り出す。わたしは彼を廊下に残したまま、部屋に戻った。

「……孝子？」

孝子が部屋の中央にいた。辺りを見回している。

「何をしてるの？」

「リカはこの部屋に来た」孝子がつぶやいた。「何かしら痕跡を残してるはずよ」

「そんなこと言ったって……」

「そうね、時間がない」

孝子がしゃがみ込んだ。奥山の頭部に手をやる。髪の毛をなでた。

「かわいそうに……」

「孝子、何にも触れるなって藤巻係長が」

「わかってる」

孝子が立ち上がるのと同時に、坂田が部屋の中に入ってきた。

「すぐに所轄が来ます」坂田が中を見ないようにしながら報告した。「それに、機捜と鑑識も」

「わかりました」孝子がうなずいた。「あなたはここにいてください」

「ここに？」脅えきった表情で坂田が言った。「ここにですか？」

「他にどこへ行くと？」

「ぼくは……自分は単なる交番勤務の警官です。今日はたまたまパトロール中に連絡があり、ここへ急行しただけのことで……」

「無駄口はいいから、見張ってなさい」

孝子が命令した。はい、と坂田はうなずいた。

「リビングに行こう。尚美、来て」

わたしは孝子について歩き出した。

「次郎はパソコンをリビングに置いてるの」孝子が説明した。「開いてみれば、何かわかるかもしれない」

「孝子、それは三係に任せようよ」

「あたしがやるの」

リビングのテーブルの上にノートパソコンが置かれていた。孝子が蓋を開く。

「ロックされてる」

わたしは言った。パスワードは、と孝子がtakakoと打ち込んだ。ロックが解除された。

「何を調べるの?」

「履歴よ」

言葉少なに答えた孝子がマウスを動かす。お気に入りの項目をクリックした。

画面に表示されたのは、数多くの出会い系サイトのショートカットだった。〝出会いの広場〟〝試して出会おう〟〝恋人ができる〟などの文字が並んだ。

「どういうこと?」

「わからない」孝子が首を振った。「でも、次郎がこういうサイトに出入りしていたことは確かね」

「何のために?」

「……おそらくはリカを捜すために」

そんな馬鹿な、とわたしは言った。詳しいことは知らないが、出会い系サイトはそれこそ万を超える単位で存在するだろう。

その中からリカを捜すというのは、よほどの運と偶然に恵まれない限り、ほとんど不可能なはずだ。

「それでも、あの人はやったのよ」孝子が言った。「刑事らしく、ひとつひとつ可能性をつぶしていった。そういうこと」

「信じられない」

「言ったでしょ。あの人は有能な刑事だって。そういう刑事にふさわしく、忍耐力があった。根気もね」

孝子が一番上にあった〝出会いの祭〟というサイトをクリックした。プロフィールを見る、という表示が出た。

さらにそこをクリックすると、画面が二つに分かれて、〝男性のプロフィールを見る〟という項目と〝女性のプロフィールを見る〟という項目になった。

孝子が、女性のプロフィールを見る、という表示をクリックした。すぐに画面いっぱいに女性の名前が並んだ。

「次郎はこう考えたんだと思う」孝子が静かに口を開いた。「リカは本間隆雄を失った。いらなくなった死体を捨てて次に何を考えたのか。新しいパートナーを探すことだと。そのために十年前と同じく、こういう出会い系サイトに参加した。おそらくは本名を隠すつもりもなかったのだろうと。リカというハンドルネームを頼りに次郎は捜し続けた。そして見つけた」

「確かに、リカは本名を隠さない」わたしはうなずいた。「隠す必要がないから。リカには悪意がない。驚くべきことだけど、それは事実。リカはただ愛する対象が欲しかった。自分の愛情を注ぎ込む相手が欲しかった。そのためにはリカという名前を名乗ることが必要だった。ありのままの自分を受け入れてくれる相手を探すために」

足音が聞こえた。振り向くと、坂田が立っていた。

「所轄が来ました。それと機捜も」

うなずいた孝子がパソコンの電源を切った。部屋に男たちが入ってきていた。

9

シャッター音が聞こえる。鑑識が現場の写真を撮っているのだろう。男たちの一人がその輪の中から出てきた。

「機動捜査隊の中牧《なかまき》です」髪を短く刈った男が言った。「よろしくどうぞ」

わたしたちは揃って頭を下げた。しばらく間があった後、中牧が口を開いた。

「あなたたちは？」

「警視庁捜査一課コールドケース捜査班の青木です」

「同じく、梅本です」

「コールドケースね」肉厚の唇からつぶやきが漏れた。「本物を見るのは初めてです」

わたしは警察手帳を出した。その必要はありません、と中牧が言った。

「話は聞いてますから」

「はい」

「いくつか質問しても構いませんか」

「どうぞ」

「あなたたちが第一発見者ということで間違いありませんね？」

「はい」

わたしたちは同時にうなずいた。ここへはどうして、と中牧が質問した。

「連絡が取れなくなっていたものですから」

「いつから？」

「二日前です」

「殺された奥山刑事は捜一の三係と聞いています。なぜコールドケース班のあなたたちが連絡を？」

わたしたちは顔を見合わせた。うつむいた孝子が口を開いた。

「奥山刑事とわたしは……交際していました」

「交際？　つきあっていた？」

「そうです」

「恋人？」

「そうです」

中牧が黙り込んだ。事態の深刻さをうまく飲み込めていないようだった。

「……それで、連絡が取れなかったために、あなたたちは一緒にここへ来た？」

「はい」

「鍵は？　開いていましたか？」

「合鍵を持っていました」

「鍵はかかっていたんですね」

「そうです」

「誰がかけたんでしょうか」

「……犯人だと思われます」

「何のために？」

「死体の発見を遅らせるためではないでしょうか」

孝子が答えた。中牧が腕を組んだ。

「とにかく、あなたたちは中へ入った。まず何をしましたか？」

「リビングへ行きました」

「寝室ではなく？」

「はい。いるとしたらその可能性が高いと思ったので」

「だが、そこにはいなかった」

「そうです。それで寝室へ行きました」

「どんな様子でしたか」

「眠っているように見えました。顔を向こう側に向けて」

「あなたは声をかけた？」

「はい。起こそうと思って」

孝子の左目からひと筋の涙がこぼれた。声は泣いていなかった。

「ところが、実際には……殺害されていたと」

「はい」

「何か触りましたか」

「毛布を……めくりました」

「なるほど……では、切断された首も見たわけですね」

「見ました」

「切除された……眼球や鼻も？」

「見ました」

「それからどうしました」

「本庁に連絡しました」わたしが答えた。「強行犯三係に連絡を入れて、奥山刑事が殺されていると」

「梅本さんでしたね……あなたが連絡したと」

「そうです」

「何か他に気づいたことは」

「新聞が三日分溜まっていました」わたしは言った。「部屋は荒らされていませんでした。他には特に何も」

「青木刑事は何か」

「特にありません」

わかりました、と中牧が肩をすくめた。

「しばらく待っていてください。他に何か聞くことがあるかもしれませんので」

わたしたちは同時にうなずいた。まだこの現場にいなければならないのか。

10

人の出入りが激しくなった。わたしたちはリビングの隅にいたのだが、そこまで捜査員が入ってきていた。

彼らは奥山の家の中にあるすべての物を持ち出そうとしているようだった。その動きはてきぱきとしていた。

あらゆる物を段ボール箱に入れては外へ運び出していく。まるで引っ越し業者のようだった。

「……どうなるのかな」

わたしは口を開いた。何か話していないと不安だった。さあ、と孝子が首を振った。

「わからない」

「いったいなぜこんなことに……」

「奥山はどこかでリカと接点を持った。おそらくは出会い系サイト上でね。そして逮捕するつもりで会いに行った」

「一人で？」

「甘く考えていたんだと思う」

「簡単に逮捕できるだろうと？」

「うん」

　わたしたちの目の前で黒のブルゾンを着た刑事が、リビングにあったメモの類を大ざっぱに段ボール箱の中に突っ込んで、それを運んでいった。わたしたちはしばらく黙った。

「どこへ？」

「さあ」

「どうして誰にも言わなかったのかな。せめて孝子には、ひと言ぐらいあってもよかったんじゃないの」

「あたしと彼とでは担当が別よ。コールドケース捜査班には関係ないと思ったんでしょう」

「だけど、何か言っても……」

「彼が何を考え、どう行動していたのかはあたしにもわからない」

「三係の人たちにも何も？」

「言わなかったんでしょう。言っていればこんなことにはならなかったはず」

「なぜ言わなかったの？」

わからないって言ってるでしょう、といらだたしげに孝子が手を振った。

「確かにあたしと彼とはつきあっていた。でもお互いの仕事についてはほとんど何も話さなかった。尚美だってわかってるでしょ。あたしたちは、そういう仕事についている」

確かに、刑事という仕事は複雑だ。すべての事件には外部に漏らしてはならないことがある。

たとえ恋人であろうと妻であろうと、自分が捜査している事件についてすべてを話すような刑事はいない。それにしても、今回なぜ奥山が誰にも何も言わず一人で行動していたのかは不明だった。

わからないことは他にもあった。孝子の言う通り、おそらく奥山は何らかの手段を講じてリカと会ったのだろう。

そこで何があったのかはわからない。だが、刑事で、しかも男である奥山が、なぜリカにこのマンションまで黙って連れてこられたのかが謎だった。

記録によれば、かつて本間隆雄はリカと一対一で会ったという。場所は遊園地としまえん

の駐車場だった。

そこで本間はリカをゴルフクラブで殴りつけ、気を失わせている。そのまま警察へ連れていくつもりだったが、リカの方が一枚上手だった。

彼女は麻酔薬入りの注射器を所持しており、それを本間の首筋に打ったのだ。本間は意識をなくし、リカに連れ去られた。今回もそれと似たようなことがあったのだろうか。

奥山はリカ事件が起きた際、直接担当していたわけではない。その頃彼は都下の交番に勤務していたと聞いている。

リカについて、わたしは十年かけてすべて調べていた。記録や証言を繰り返し読み、リカがいたと思われる場所にはどこにでも行った。必要があると思われる人間には直接会い、話を聞いている。

わたしほどリカについて調べ、考えた刑事はいないだろう。わたしの中でリカは明確に形作られ、今ではリカの心をそのままなぞることができるようになっていた。

わたしはリカが怖い。人間ではない、異形の何か。感情を持たない、あるいは異常に過剰に持っている、意味不明の何か。論理が通じない何か。

化け物、とひと言で言ってしまえば簡単だが、それでは説明がつかない。独自の感情と論理だけで行動していくリカ。

誰にも止めることのできない女。そんなリカの恐ろしさを、わたしはよく知っていた。だが、奥山刑事はどうか。そこまでリカを理解していたのか。異常性を持った犯罪者としてのみ、認識していたのではなかったか。

リカは異常者だ。誰もがそれを書類上ではわかっている。しかし、本当にそれを理解している者がどれだけいるのだろうか。

本当にリカを理解していれば、その心の闇を実感していれば、人はそれに圧倒されて菅原刑事のようになってしまうしかなくなる。

リカの存在は巨大だ。巨大な闇として関係するすべての人を覆いつくす。

それはまるで天災のようなものだった。誰にもどうすることもできない。しかも、それは何の予告もなしに訪れる。

抗することはできない。ただ波に飲まれていくしかないのだ。

孝子がひとつ咳をした。わたしを見つめる。

「例の件だけど」

「例の件？」

「奥山の携帯のこと」孝子が声を潜めた。「誰にも言わないでちょうだい」

「それは……」

「お願い。尚美、お願いよ。誰にも言わないで」

「孝子……」

「あたしが調べてみたいの。何かあれば必ず上に報告する。手掛かりになりそうなものがあれば、必ず知らせる。だけど、はっきりするまではあたしが調べたいの」

「気持ちはわかるけど……」

「お願い」

孝子の声がほとんど聞き取れないほど低いものになった。わたしはうつむいた。

奥山刑事の携帯電話には何が残っているだろう。もしかしたら、奥山はリカとメールや携帯の番号を交換していたかもしれない。留守番電話にリカの声が残されているかもしれない。

奥山とリカは出会い系サイトで知り合った。それはほぼ確実と思われた。

パソコンでのやり取りから、即時性を求めて携帯メールへと移行するのは、むしろ当然のことだろう。それは証拠だ。はっきりとした証拠だ。

今のところ、奥山とリカを結びつけるものは発見されていない。今後パソコンを解析していけば、それがわかる時も来るだろうが、まだ二人の関係を証拠立てるものはない。

奥山の携帯は、その意味で最も重要な証拠物件だった。それを孝子は自分が持ち去るという。

今後、捜査会議が開かれる。その時、奥山の携帯が行方不明になっていることが報告されるだろう。

おそらく、捜査に関わっている者すべてが、リカが携帯を持ち去ったと判断するはずだ。何のためにそんなことをしたのか。リカが携帯を持ち去る理由があるのか。

だが、そんな論議は不毛だ。リカは実際には奥山の携帯を持ち去ったりしていない。現場にそのまま放置されていたのだ。それを知ってるのは孝子とわたし以外にいない。

結果として、携帯の有無は事件捜査の方向性をミスリードしてしまうのではないか。そんな危惧《きぐ》がわたしにはあった。

「しばらくの間だから」孝子が言った。「すぐに調べて、何かわかったら必ず上に報告する。どこにあったのか聞かれたら、あたしと彼しか知らない隠し場所にあったとでも言うわ。尚美には迷惑かけない」

「だけど……」

「お願い」

「孝子、携帯の存在については必ず捜査会議で問題になると思う」

「わかってる」

「大問題になるよ」

「わかってるって」

「捜査の方針にさえ関わるかもしれない」

「すぐだから。そんなに時間は取らない。今夜中にでも調べて、そのまま上に渡す」

「本当に？」

「間違いない。約束する」

わたしはため息をついた。孝子の表情は真剣そのものだった。誰にも止めることはできない。そんな顔をしていた。

「わかった……とにかく、今のところは誰にも言わない」

「ありがとう」

孝子がうなずいた。これでいいのだろうか。だが、とりあえずは信じるしかなかった。大勢の刑事たちが動いている。わたしたちはお互いを見つめ合ったまま、じっと座っていた。

11

解放されたのは、夜十一時のことだった。わたしと孝子は第一発見者としてその場に居残り、発見時の状況を繰り返し聞かれた。

　自分たちが事情を聞く立場になったことはあっても、聞かれるのは初めてのことだった。疲労が溜まっていくのが実感としてわかった。

　マンションの外に出ると、警官が大勢いた。黄色い立ち入り禁止のテープが張られている。わたしたちはそれをくぐり抜けて、表へ出た。

「青木刑事」

　声がかかった。わたしと孝子は同時に振り向いた。知らない男が立っていた。

「青木刑事ですよね」

　男が言った。長身、痩せている。茶色のジャケットを着て、ノーネクタイだった。三十代半ばだろう。

「何か」

　孝子が言った。男が何とも言えない笑みを顔に浮かべた。

「酷《ひど》い事件でしたね」

「失礼ですが、あなたは？」

　男が名刺を差し出した。

「テレビジャパン報道局の佐藤と申します」

「テレビジャパン？」

佐藤は問いかけには答えず、代わりに質問を始めた。

「青木刑事、酷い事件でしたね」

孝子がわたしをちらりと見た。わたしは首を振った。

「マスコミに話すことはありません」

「そんな冷たいことおっしゃらないでくださいよ」佐藤が言った。「大変な事件でしたね」

「わたしにはわかりません」

いやいや、と佐藤が煙草をくわえた。火はつけなかった。

「大事件じゃないですか」

「広報に聞いてください」

いつの間にかテレビカメラが近くに寄ってきていた。わたしたちは顔を伏せながら通り過ぎようとした。

「あなたが第一発見者だったとか」佐藤が横から声をかけてきた。「大変なものを見つけてしまいましたね」

「話すことはありません」

「そんなこと言わずに。あなたには話す義務がある」

「義務？」

孝子が立ち止まった。そりゃそうでしょう、と佐藤が言った。にやけたような笑みはそのままだ。

「現職の刑事が殺害された。しかも首を切断されて。こんな事件、めったに起きませんよ」

「ええ」

「その死体の第一発見者があなたと、こちらにいる梅本刑事だという。何かコメントする必要を感じませんか」

「わたしの仕事ではありません」

「そうおっしゃらずに。どんな状況だったんですか」

「ノーコメントです」

「死体の顔は相当傷つけられていたようですが、見たんですよね」

「ノーコメントです」

孝子がうつむいた。佐藤が早口で話しかけてきた。

「同僚の刑事が殺害されたことについてどう思いますか」

もういいでしょう、とわたしは言った。

「詳しくは広報を通してください」

「広報はそれどころじゃないんですよ」佐藤がジャケットの前ボタンをはめた。「それこそてんやわんやの大騒ぎでしてね。我々の相手をしているような状況ではないんです」

「わたしたちも同じです」

「しかし、あなたたちの役目は終わった。だから現場から出てきた。違いますか」

「ノーコメントです」

「発見した際、驚いたでしょう」

行こう、とわたしは孝子に言って歩き出した。

「青木刑事」佐藤の声がした。「あなたと殺害された奥山刑事は交際していたそうですね」

孝子の足が止まった。振り返る。顔色が真白になっていた。

「同情してるんですよ、わたしは」佐藤が言った。「恋人を殺害されるなんて、そんな酷い話がありますか」

「……話す必要を認めません」

「交際していたんでしょう？　聞いたところでは、結婚も間近だったとか」

「誰がそんなことを？」

「ニュースソースは秘密でして」

「根も葉もない噂です」

「ではどうして奥山刑事の家へ？」

「……話す必要を認めません」

「青木さん、いいじゃないですか。協力してくださいよ。あなたは奥山刑事とつきあっていた。恋人が殺害されたんです。ショックだったでしょう。今、どんなお気持ちですか」

「……あなたとは関係ないことです」

「全国の視聴者が知りたがっていますよ」

「話したくありません」

「青木刑事」

わたしは孝子の腕を取った。歩き出す。

コメントを、という佐藤の声が聞こえたが、振り返らずその場を後にした。

「何なの、あいつ」

駅に向かう道の途中で孝子がつぶやいた。最悪のマスコミ野郎よ、とわたしは言った。

「どうして知ってるの？」

「誰かが口を滑らしたのよ。よくあることだわ」

孝子が立ち止まった。振り返る。住宅が並んでいた。

しばらくその様子を眺めていた孝子が、行きましょう、と言った。わたしたちは歩き出した。

12

高円寺から中央線に乗って新宿へ出た。夜十一時半だった。

「どうする？」わたしは聞いた。「何か食べる？」

孝子が首を振った。わたしも同じだった。食欲はなかった。

新宿駅の雑踏の中、孝子がバッグから携帯電話を取り出した。奥山刑事のものだ。これが先ね、と言った。わたしはうなずいた。

「どこで調べる？」

「ホテルに行こう」孝子が答えた。「誰にも見られたくない」

わたしたちは駅西口のタクシー乗り場へ向かい、一台のタクシーに乗った。

「すいません、近くのビジネスホテルへ行ってください」

孝子が言った。運転手が何も言わずに車を発進させた。明らかに不機嫌な様子だった。

五分ほど走ったところで車が停まった。ビジネスホテルの看板が目の前にある。フロントには、女性の担当者がいた。

「ツインで……予約はしてないんですけど」

わたしは言った。ご用意できます、と担当者がうなずいた。わたしたちは鍵を受け取り、部屋へと向かった。

部屋は四階だった。ドアを開けると、不快なこもった臭いがした。

「安っぽい部屋ね」

「そういうこと言わないの」わたしは孝子の肩を押した。「とにかく、入ろう」

狭い部屋だった。部屋いっぱいにベッドが二つ並んでいる。泊まるだけの部屋だ。備えつけの茶器セットがあった。

「お茶でも飲む？」

洗面所で水をポットに入れ、コードをコンセントにつないだ。しばらく待つとお湯が沸く音がした。

ティーバッグを使って、お茶を二杯いれる。孝子が湯呑みを受け取ってひと口飲んだ。

「熱い」

ぽつりとつぶやいた。わたしたちはしばらくそのままの姿勢で動かずにいた。

「何が起きたんだか」孝子が湯呑みをベッドサイドテーブルに置いた。「現実感がまったくないの」

「わかる」

わたしは言った。孝子がうつむいた。口だけが動く。

「次郎は死んだ。殺された」

わたしは何も言えずにただ黙っていた。孝子がもうひと口お茶を飲んだ。

「しかも、あんな……酷い殺され方をして……」

孝子の背中に手を当てた。体が震えている。

「信じられない」

「あたしも……信じられない。次郎があんなことになるなんて」

顔を手で覆った。わたしはその肩を抱いた。

「泣きなさい」

「泣けないの」孝子が首を振った。「全然……現実のことと思えなくて」

「当然よ」

「犯人はわかってる。リカよ。なのに、どこにいるのかわからない」

「捜すわ」

「そうね、必ず捜して、決着をつける」

「孝子」

わたしは孝子の手を取った。強い力で握り返してきた。

「そのためだったら何でもする。どんなことでもする」

「うん。お願い」孝子がわたしの手を放した。「助けて」

「わたしも、リカを捜し出さなければならない理由がある。菅原刑事よ。彼をあんな廃人にしたリカを見つけ出して、仇を取らなければならない」

孝子が立ち上がってジャケットを脱いだ。バッグに手をやる。出てきたのは携帯電話だった。

「調べよう」

わたしはうなずいた。孝子が携帯の電源をオンにした。

奥山刑事の携帯電話はスマートフォンではなかった。いわゆるガラケーだ。武骨と言ってもいい。いかにも奥山刑事らしい携帯だった。

液晶画面が明るくなる。待ち受け画面はただの風景写真だ。どこなのかはわからない。

「古いの使ってるなあ」

孝子が言った。年代ものだね、とわたしもうなずいた。

「触ったことある？」

ないない、と孝子が手を振った。

「あたし、彼氏の携帯を盗み見るような趣味はないもの」

どうやって見るんだろうか、と適当にボタンを押した。別に何も起きない。

留守番電話を聞いてみたら、とわたしは提案した。そうしよう、と孝子が番号を押した。

わたしたちは電話機に耳を寄せた。十二件の伝言があります、というアナウンスが聞こえた。

『……孝子だけど、電話くれる？　待ってます』

一件目の伝言はそれだった。わたしは孝子と顔を見合わせた。三日前の伝言だ。

その後四件、孝子の留守電が続いた。電話が欲しい、という内容に変わりはない。

六件目、初めて伝言の声が男のものに変わった。わたしたちは耳を澄ませた。

『……宅配便をお届けにあがったのですが、ご不在でした。また連絡致します』

「色気のない伝言ね」孝子が言った。「もうちょっと、何かないのかしら」

それからまた、何件か孝子の留守電が続いた。十件目、知らない女の声がした。わたしたちは緊張してその伝言に聞き入った。

『……ＮＴＴコミュニケーションズの佐久間と申します。お客様の電話料金がフレッツ光と併用になりましたので……』

わたしたちはため息をついた。関係ない。リカではない。

リカは電話をかけてこなかったのだろうか。かけてはいないのだろう。

この電話に残された伝言は三日前からのものだ。三日前、既にリカは奥山刑事を殺害している。電話をかける必要はなかった。

「それまでの間に、リカは奥山さんに電話をかけなかったのかな」

わたしは聞いた。着信履歴を見ればわかる、と孝子が言った。履歴はすぐに出た。

奥山刑事の電話機には、着信の履歴が五十件までしか登録されていないことがわかった。順番にそれを見ていった。孝子、という名前がいくつも見つかった。

それ以外にもいくつかの名前があった。警視庁直通、三係、公衆電話、非通知設定、同僚の名前、友人と思われる名前、公共機関などなど、ずらずらといろんな名前が並んでいた。

「公衆って何よ」孝子がボタンを押した。「どういうこと？」

「公衆電話からかけられた電話って意味よ」

「そんなことはわかってる。でも、今時公衆電話からかけてくる人なんている？」

確かにその通りだった。決して使わないことはないが、珍しいと言っていいだろう。いったい誰がかけたのか。日付は五日前のものだった。

「……リカ？」

「可能性はある」わたしはうなずいた。「それに、この非通知というのも怪しい」

かつて、リカは本間隆雄に何度も電話をしてきたことがある。そのすべてが非通知発信によるものだった。本間本人が菅原刑事に話したことだから、間違いない。

「……十一件ある」

公衆電話からかけたものに加えて、発信人不明の電話は十一件だった。リカなのかどうか。奥山刑事はわたしたちも知らないような人たちとつきあいがあった。それはいわゆる情報屋の類だ。

彼らは基本的に自分の痕跡を残すことを嫌がる。秘密の情報を伝えるために、非通知設定を使うのは、考えられないことではなかった。

「発信履歴の方は？」

わたしは孝子の手を見つめた。孝子がボタンに触れる。すぐに画面にたくさんの名前が並んだ。

「三係、三係、三係」孝子が読み上げた。「仕事熱心な人だこと」

わたしたち警察官には、定時連絡の義務がある。基本的には一日に数度、自分の所在を上司に伝えなければならない。三係、というのはその定時連絡のことだろう。

「孝子、というのもあるわよ」

わたしは言った。そりゃあるでしょうよ、と孝子がうなずいた。

「たまには電話ぐらいかけてきたわ」

「一日に一回はかけてるわね」

「それぐらいだったかな」

「他には？」

「吉田刑事、井関刑事、富田刑事……そんなのばっかし。同僚の刑事たちね。友達の少ない人だったみたい」

「そんなことはないでしょうけど」

「親にもかけてる」

「そりゃ人間だもの、親にぐらい電話するでしょうよ」

「発信履歴に正体不明の電話番号はないわ」孝子が言った。「すべて電話番号ははっきりしている」

わたしたちは顔を見合わせた。着信履歴の非通知、公衆電話という怪しいものがある。考えてみなければならなかったが、判断材料がなかった。

「じゃ、メールを見てみよう」孝子が言った。「このボタンね」

ボタンを押すと、Eメールメニューという画面が出てきた。受信ボックスを開く。メインフォルダという表示になった。さらにそのボタンを押すと、画面にメールアドレスが並んだ。

「八百二十四件だって」孝子が画面の右上を指さした。「相当な量ね」

「見ていこう」

「うん」

孝子が最初の数件のアドレスに目をやった。

「これはあたしだわ」

同じアドレスからのメールが何件も続いていた。この三日間、孝子は何度も奥山刑事にメールしていたという。

すべて、連絡が欲しいという内容だった。途中にTSUTAYAやヤマダ電機などからのサービスメールも含まれていたが、そういうものを除けば、とりあえずこの三日間メールをしていたのは孝子だけだった。

「この三日はいいのよ。あたしもわかってる。自分でメールしたことも覚えてるわ。問題はその前よ」

孝子がボタンを押していく。問題のメールは四日前に届いていた。

数字と記号からなるメールアドレス。同じものがいくつも続いている。孝子がそのひとつを開いた。

『ケイジさん、明日会えるのね！　やっと会える！　嬉しい！』

メールにはそう記されていた。ケイジさんって誰のこと、とわたしは聞いた。

「たぶん、奥山のハンドルネームだと思う。ケイジっていうのは、刑事のことね」

わかりやすい名前、と孝子が次のメールを開いた。ごめんなさい、というタイトルがついていた。

『何度もメールしてすいません。でも、していないと不安で……。どうしたらいいのかわからない。全部ケイジさんのせいだからね。ねえ、本当に会えるの？　会ってくれるの？　お仕事の邪魔にならない？　車で来る？　セールスの途中？　時間ある？　食事とかできる？』

「何、これ」気持ち悪い、と孝子が吐き捨てた。「質問だらけだわ」

リカよ、とわたしは言った。

「この文章の書き方には見覚えがある。リカが本間隆雄にあてたメールとよく似ている」

「どういうこと？」

「よく読んで。このメールは、一見相手の立場を思いやっているものに見える。会ってくれるかどうかを確認しているメールってこと。でも実際は違う。自分の都合だけを言い立てている。自分にとって都合のいい相手なのかどうかを見定めている。リカのメールの特徴よ」

「セールスって何？」

「たぶん、奥山さんは自分がセールスマンだとプロフィールに書いていたんじゃないかな。営業マンだから、時間の都合のつく仕事だって。リカはそれを信じていたんだと思う」

「よりによってセールスマンなんて。自分とは全然縁遠い仕事のくせに」

「それが一番いいと判断したのよ。その判断は間違っていない。リカに一番早く接触するための職業として、セールスマンは正しい選択だと思う」

わたしは言った。奥山刑事の判断は間違っていない。

リカと会い、リカを逮捕するためにはそれが早道だと彼は考えたのだ。その通りだった。唯一、リカに殺されるという誤算を除いては。

「いつから、こんな携帯メールでやり取りをするようになったのかな」

孝子がボタンを押し続けた。リカのメールはいつ果てることもなく続いた。

時々、孝子のメールが交じる。本当の恋人は誰なのか、わからなくなってしまいそうだった。

「そんなに前のことじゃない」わたしは言った。「例えばだけど、十日以内だと思う」

「どうして？」

「それまではパソコンメールでやり取りをしていたのよ。リカがそんなに早く携帯メールに切り替えるはずがない」

とにかく調べよう、とわたしたちは携帯電話を見直した。どこまでも続くかと思うようなメールの数。

ビジネスホテルのベッドに座ったまま、その作業に没頭した。夜はまだ長く続きそうだった。

13

捜査会議は翌朝七時から始まった。異例の早さだった。

だが、理由はあった。現職の刑事がきわめて異常な方法で殺害されたのだ。全力を注いで事件解決に当たるというのは、当然のことだった。

会議室には捜査一課の刑事たちが集められていた。壇上には刑事部長、理事官、管理官、長谷川一課長などが並んでいる。七時ちょうど、長谷川一課長がマイクを握った。

「早朝からご苦労。だが集まってもらったのには理由がある。全員知っての通り、昨日、強行犯三係の奥山巡査部長が死体となって発見された。しかも首を切断されるという異常な状況においてだ。我々はこの事件を何としても早急に解決しなければならない」

私語はまったくなかった。辺りはしんと静まりかえっている。

「事件の発端は四週間前にさかのぼる」長谷川一課長が皆を見回した。「四週間前の四月十三日、高尾の敬馬山という山でスーツケースに詰め込まれた死体が発見された。身元はすぐに確認された。本間隆雄という男だ。生きていれば今年五十二歳になる」

スクリーンに本間隆雄の顔写真が映った。顔には目も鼻もない。前にも同じものを見ている。

「本間は我々がこの十年ずっと捜してきた男だ。諸君にも説明した通り、十年前にリカ事件と呼ばれる猟奇的な事件があった。リカと名乗る女が出会い系サイトで知り合った本間をストーキングし、最終的には拉致して行方をくらましたという事件だ。その過程で、リカは少なくとも四人の人間を殺害している」

会議室にいたすべての刑事がうなずいた。リカ事件は多くの警察官の胸に深く刻み込まれている。

「犯行を実行したのはリカという女だ。それはわかっている。彼女の顔写真もある。指紋などもある。証拠はすべて揃っている。犯人はリカだ。だが、我々は彼女の所在をつきとめることができなかった」

長谷川一課長がうつむいた。一度首を振ってから、もう一度口を開いた。

「十年、捜査は続けられた。だがリカの消息はつかめなかった。それが四週間前、リカが本間の遺体を捨てるという行為によって新しい展開が見られた。リカは生きている。日本にいる。日本のどこかにいるのだ」

　スクリーン上の写真が切り替わった。リカの顔写真になる。顔のパーツがすべて大きい。泥のような肌の色。暗い目をした女だった。

「そこで我々は強行犯三係とコールドケース捜査班による合同捜査チームを作った。奥山刑事もその一員だった。奥山はリカの行方を追っていたが、結果は出なかった。リカは相変わらず消息不明だった。そして四日前、彼は連絡を絶った。四日前の捜査会議に出たところまではわかっているが、その後連絡が取れなくなっていた。正直言って、数日間連絡がないことはよくある話だ。だが、実際には、残虐な方法で殺害されていたのだ。そして昨日の夜、コールドケース捜査班の二人の刑事によって奥山は発見された」

「なぜコールドケース捜査班が？　担当が違うじゃないですか」

　会議室の奥で一人の男が手を挙げた。強行犯四係の刑事だ。わたしはその名前を知らなかった。

「その説明をしておこう。青木刑事、梅本刑事」

　長谷川一課長が呼んだ。わたしと孝子は立ち上がった。

「奥山の死体を発見した経緯を説明してほしい」

わたしと孝子は顔を見合わせた。どちらが話せばいいだろう。しばらく沈黙が続いた後、孝子が口を開いた。

「四日前から、奥山刑事と連絡がつかなくなっていました。そんなことは今までありませんでした。不安になって同僚の梅本刑事に相談し、奥山刑事の自宅へ行きました」

「なぜです？　担当も違うのに」

「わたしと奥山刑事は……交際していました」

ため息が漏れた。そういうことか、というつぶやきも聞こえた。

「わたしと奥山刑事は常に連絡を取っていました。電話で、あるいはメールで。ところが四日前から何度電話をしても出ないし、メールに返事もなくなったのです。こんなことは今まで一度もありませんでした。何かが起きたのだと直感的に思いました。そして彼の自宅を訪れ、死体を見つけたということです」

「今は二人の個人的な関係については触れるべきではないと思う」長谷川一課長が言った。

「とにかく、青木刑事と梅本刑事が奥山の死体を発見した。それが事実だ」

死体を発見した時の状況を、と促した。わたしは口を開いた。

「奥山刑事の住んでいたマンションは高円寺にあります。そこまでの道は青木刑事が知っていました。わたしはついていっただけです。合鍵は青木刑事が持っていました」

「鍵はかかっていた？」

「かかっていました」

「誰が閉めたのか」

「おそらくリカでしょう」

「鍵は現場から発見されたのか」

強行犯三係の二人の刑事が立ち上がった。

「奥山刑事の室内を徹底的に調べましたが、キーホルダーの類は見つかりませんでした。奥山刑事が所持していた車のキーも見つかっておりません」

「キーホルダーごとなくなっているということか」

「そういうことです」

二人の刑事が座った。続きを、と長谷川一課長が言った。

「まずわたしたちはリビングルームに入りました。いるとしたらリビングにいる可能性が一番高いと考えたからです」

「だがそこにはいなかった。そこで君たちは寝室へ行った。そうだね」

「その通りです」

「そこで死体を発見した……写真を」

スクリーンに奥山刑事の死体が映し出された。あまりにも惨《むご》たらしい状況に悲鳴のような声が漏れた。

「諸君、静かに……これが現実なのだ。奥山刑事はこのように殺害された。眼球をくりぬかれ、鼻をそがれ、口を耳元まで切り裂かれ、さらには首を切断されて殺された。そういうことなのだ」

「わたしたちは……それを見つけて……」孝子が顔を強ばらせながら言った。「そして……本部に連絡しました」

「室内の様子は？　荒らされた跡は？　抵抗した様子はなかったのか？」

また別の二人の刑事が立ち上がった。

「リビング、ベッドルーム、浴室、その他室内に荒らされた跡はありませんでした。奥山刑事が抵抗したような痕跡もです」

「解剖の結果わかったことですが」もう一人の刑事が言った。「奥山刑事の体からは麻酔薬を注射された跡が見つかっています。どういう手段でかは不明ですが、リカは奥山刑事に麻酔を注入して、意識を失わせたと考えられます」ちなみに、と刑事が話を続けた。「奥山刑事の体からは……生体反応が確認されています。つまり、犯人は生きている彼の顔のパーツをえぐり出していったということです」

孝子が座り込んだ。わたしも立っているのがやっとだった。

「君たちは本部に連絡を取った。奥山を、奥山の死体を発見したと。そういうことだね」

「はい」

わたしは答えた。長谷川一課長がマイクをつかみ直した。

「出動したのは……三係か」

強行犯三係の藤巻係長が立ち上がった。

「我々です」

「現場に急行した君たちは何を調べた？」

「室内の捜索、近隣住人の聞き込み、四日前のＪＲ高円寺駅の監視カメラの解析、その他です」

「何がわかった」

「まず駅及び商店街の監視カメラに映っていた画像について報告します。これはまだすべてを確認したわけではないのですが、そこに奥山刑事及びリカの姿は映し出されておりません。特に駅の画像は厳重に確認しましたが、そこに二人の姿は映っていません」

「駅は利用していないということか」

「はい」

「ではどうやって奥山の自宅まで行った？」

「おそらくは車でしょう。自宅近くのNシステムに、奥山刑事の車が走っているところが映っていました。四日前のことです」

長谷川一課長が唇を噛んだ。

「何時頃だ？」

「深夜十二時三十四分」藤巻係長が答えた。「運転席も映っていました。大柄の女性が確認できました。おそらくはリカだと思われます。ただ、マスクなどで顔を隠しているため、断定はできませんが」

「そんな時間に奥山とリカは会っていたということか」

「おそらくは。そういうことだと考えられます」

何があった、と長谷川一課長がつぶやいた。

「その他に発見されたことは」

「マンション住人に聞き込みをかけたのですが、四日前の深夜、奥山刑事の自宅付近で人の気配を感じた者はいないということです。誰も戻ってくる奥山刑事及びリカの姿を見た者はおりません」

「音は？」

「気がつかなかったということです。奥山刑事が住んでいたマンションは、築三十年と古いものですが、防音設備などは完備していました。少々の音では隣に住む者も気づかないだろうということが確認されています」

「室内の捜査の結果は？」

　別の刑事が合図をした。スクリーンに一枚の写真が映る。パソコンだ。

「奥山刑事のパソコンです。私物です」刑事が言った。「ここから、興味深いものが発見されました」

「それは何だ」

「写真を」

　刑事が言った。写真が切り替わる。メールの一覧画面になった。

「十日前からのメールの記録です」刑事が説明した。「驚くべきことですが、相手はリカです」

「リカ？」

「少なくとも、リカというハンドルネームを使う人物です。ここにあるのはほんの一部で、実際には一日に十回以上メールが交換されています」

　また刑事が合図をした。画面が切り替わり、お気に入りの表示が出た。それはわたしと孝子も見たものだった。

「奥山刑事はいわゆる出会い系サイトに数多く入会していました」刑事が言った。「その数、およそ百。専門家に確認したところ、有名なサイトばかりということでした」

「奥山は何をしようとしていたのか」

長谷川一課長が言った。それは、と刑事が答えた。

「おそらくリカを捜していたのだと考えられます」

「どういう意味かだ」

「リカは本間隆雄の死体を捨てました。リカの主観から考えれば、別れたということになります。死に別れでも生き別れでも、この際関係ありません。リカは本間と別れたと考えた。別れた以上リカはフリーです。新しい恋人を探すのは当然の流れでしょう」

「そのために出会い系サイトを利用したと？」

刑事が黙った。常識的には考えられないということなのだろう。

わたしにはその経緯がよくわかった。リカは十年間、本間と暮らしていた。それはリカにとっておそらく蜜月とも呼べる時間だっただろう。

目も鼻も舌も耳も腕も足もない本間だったが、リカにとってはそれでも十分に幸せだった。愛の言葉をささやきかけるだけで十分に幸せだったのだ。

しかし、本間は死んだ。死んでしまえばリカにとって本間はただの物体だ。そんなものは必要ないとリカは考えた。だから本間の死体を捨てた。

本間がいなくなったリカは何を考えたのか。新しい恋人を探そうと考えたのだろう。そのためには出会い系サイトが最もふさわしいツールだった。

リカは十年ぶりに自分のパソコンから出会い系サイトに登録をし、出会いを求めてメールを打った。おそらく、奥山刑事はその可能性に気づいたのだろう。

リカは必ず出会い系サイトに現れる。彼はそう確信した。

そこで数多くの出会い系サイトに自ら入会した。どれだけの手間が必要だっただろう。どれだけ根気のいる作業だっただろう。

だが彼はそれをやってのけた。そしてリカを見つけたのだ。

なぜ彼がそれを周りの刑事たちに言わなかったのか。その気持ちもうっすらとだが、わたしにはわかる。

誰にも理解されないと思ったからだ。リカがもう一度出会い系サイトに戻ってくるなどあり得ないと、誰もが考えると思ったからだ。

事実、わたしもそうだった。リカが再び出会い系サイトに戻ってくるとは思ってもみなかった。

そんなことをするはずがない。少なくともハンドルネームぐらいは変えてくるだろう。そうなったら、もう捜しようがない。

だからわたしはその可能性を頭から排除していた。もっと別の方法でリカを捜すように捜査を進めていた。

だがそれは間違いだった。奥山刑事が正しかったのだ。

リカは再び出会い系サイトに戻ってくる。最初がそうであったように、リカは自分のホームである出会い系サイトに戻ってきた。そこで恋人を探したのだ。

わたしは自分の想像力のなさを悔やんだ。もし思いついていたら、わたしが出会い系サイトに入り込んでいただろう。

それを孝子に相談しなかったはずはない。そして孝子は必ず奥山刑事にそのことを伝える。そうしていれば、奥山刑事は一人で出会い系サイトという深い森の中に入り込む必要はなかったはずだ。今回のような結果にはならなかっただろう。奥山刑事を失ってしまったのはわたしのミスでもあった。

「では、そこで奥山刑事がリカを発見したと？」

長谷川一課長が質問した。そういうことになります、と刑事が答えた。

「驚くべきことですが、奥山刑事はリカを捜し当てました。執念としか言いようがありません。とにかく、彼はリカを見つけた。リカはハンドルネームを変えていなかった。リカという名前で自分のプロフィールを作り、登録していたのです」

「なぜだ」

「わかりません」

沈黙が会議室を覆った。なぜリカがハンドルネームを変えていなかったのか。それは誰にとっても大きな謎だったろう。自分がリカであることを認めればどうなるか、リカには十分にわかっていたはずだ。

リカは狂人ではない。いや、行動は狂っているかもしれないが、その底にあるのはきわめて優れた知性だ。

この十年、自分の行為を誰にも知られることなく暮らしていたことからもそれはわかる。リカは危険なまでに頭のいい犯罪者だった。

そんなリカが、自分の証拠とも言えるリカという名前を使うことなど考えられるだろうか。奥山刑事のように考え、推理する人間が現れるかもしれないのだ。そんなリスクを冒すはずがない。誰もがそう思うのは当然のことだった。

だが、わたしにはリカの考えていることがよくわかった。リカは独自の論理で行動している。

そこに常識は通用しない。リカだけが持つルールの上で、リカは生きている。

リカは恋人が欲しかった。自分を理解してくれる男性を必要としていた。自分をありのままに受け止めてくれる人間を探していた。

そのために本名を名乗る必要があった。リカという自分の名前を認識してもらわなければならなかった。

リカという自分をそのまま受け入れてくれる人物。それこそがリカの求めるものだった。

十年が経ち、自分のことがわかってしまうというリスクを越えてなお、リカが自分の本名を名乗るのはそのためだった。

「……とにかく、奥山刑事はリカとの接触に成功した。それはいつのことか」

「奥山刑事のパソコンに残っているメールの類から判断すると、二週間前のことです」

そんなに前か、と長谷川一課長が首を振った。はい、と刑事が答えた。

「それから一週間ほど、熱烈なと言っていいと思うのですが、メールの交換が続いています。その内容については今から配ります」

準備されていたのだろう。三係の刑事たちがコピーされた紙の束を会議室にいた全刑事に配り始めた。

わたしたちのところにもそれは来た。わたしは一枚目を取り上げて中身を読んだ。

『ケイジさん、こんにちは！

ケイジさんのプロフィール、読ませていただきました。セールスマンなんですね。ステキなお仕事ですね。いろんなところに行ったりするのかな？　車とかで？

リカのことをドライブに連れてってくれないかな、なんて。ウフフ、冗談です。そんなにリカ軽い女じゃないですよ。

でもケイジさんには興味があります。いくつなのかな。イケメンなのかな。

あ、でもリカは顔とかにこだわったりはしないんですよ。大切なのは心だと思っています。どれだけ相性がいいか、いつも二人でいられるか、一緒にいて楽しいかどうか。それが大事だと思っています。

ごめんなさい。勝手なことばかり言って。リカのことも少し教えておきますね。

リカは二十八歳、職業はナースです。前の彼氏と別れてからけっこう経ちます。最近は出会いもなくてさびしい毎日です。こんなわたしでよかったらメールください。待っています』

一通目のメールがいきなりこれだった。おそらく、奥山刑事は入会していた出会い系サイトの会員プロフィールを片っぱしから読み込んでいったのだろう。

手掛かりはあった。リカというハンドルネームだ。

そして、過去のリカの事件を調べればすぐわかることだが、リカは確かに看護師だった。本間隆雄と出会った際のプロフィールにも、自分のことを看護師であると記している。

その二つの手掛かりをもとに奥山刑事はリカを捜し続けた。そして奇跡のような偶然のもと、彼はリカを捜し当てたのだ。

彼はリカ宛にメールを送ったのだろう。リカ好みのケイジという人格を作り、慎重に言葉を選んで、メッセージを送ったに違いない。その中には自分のメールアドレスも書き入れたのだろう。

リカのプロフィールについて、二十八歳のナースという条件に、応募してくる男性は少なくなかったのではないかと思われた。ナースは昔から男性に人気がある職業だ。

わたしもリカ事件を調べていて知ったのだが、いわゆる出会い系サイトのプロフィールに対して、メッセージを残す男性は数多い。ひとつのプロフィールに対して五十人から百人程度の男性が応えるというのが普通だという。

百倍の倍率の中、リカに選ばれるメッセージはどんなものだったのだろう。奥山刑事はそれをどう作っていたのだろう。

ただ、ひとつだけ奥山刑事には有利な点があった。彼はリカのことを知っていた。その性格や好みを理解していた。捜査資料が残されていたからだ。それに沿ってメッセージを作っていくのは、意外と簡単なことだったかもしれない。

とにかく、リカは奥山刑事を、ケイジを相手に選んだ。ケイジだけではないのかもしれない。他にもメッセージを寄せてきた男たちに、返事を書いていたのかもしれない。

ただ、最初から個人のメールアドレスを書いている者は少なかっただろう。奥山刑事はリカの心にインパクトを与えることに成功していた。

だからこそ、リカから返事が来たのだ。それに対して奥山刑事はどんなメールを書いたのか、それは次に記されていた。

『こんにちは、はじめましてリカさん。

はじめましてじゃないか。前にメール送ったよね。返事くれてどうもありがとう。とっても楽しく読ませていただきました。二十八歳なんですね。想像していた通りの人でした。

ぼくは三十五だって書いたよね。年齢的にもバランスが取れた二人なんじゃないかと思っています。

ところで、彼氏いないってホント？　ナースなんて、もてる仕事でしょ。患者さんとか、お医者さんとか、いっぱい出会いもあるような気もするし、なかなか複雑な気分です。ライバルが多いと大変だからね、なんて冗談冗談。信じますよ、リカさんのこと。

さて、ぼくの話を少ししましょう。書いた通り、ぼくは某企業でセールスの仕事をやっています。売っているのは車です。国産車ですけど、結構高級な車も扱ってるんですよ。そんなわけで移動はたいてい車です。時間も自由になる仕事です。だからリカさんともいつでも会えると思います。

リカさんはどこに住んでいるんですか？　ぼくは高円寺に住んでいます。高円寺、わかるかな。ＪＲ中央線で新宿から十分ぐらいの駅です。こうやってメールを交換していって親しくなって、いつか会えたらいいな、なんて勝手に思っています。

リカさんは今、ぼくにとって一番大切な人です。早く会えますように。奥山ケイジ』

奥山刑事はそんなメールを書いていた。どういうつもりで書いていたのだろう。孝子のことは頭をよぎっただろうか。

わたしは配られた資料をめくっていった。次のメールはこうだった。

『こんにちはケイジさん。

すぐにメール返してもらってとても嬉しいです。やっぱりこういうのってタイミングとかすごく重要ですよね。

ケイジさんは思った通りの人です。すごく好感が持てます。セールスマンで車を売っているなんてすごいなあ。いろんなことを知ってるんでしょうね。リカなんか、勤めている病院のことしか知らないから、世間が狭くて大変です。

出会いなんてないですよ。患者さんなんかはもちろん対象外だし、ドクターはみんな結婚してるからやっぱりムリ。誰かいい人いないかなっていつも思ってます。ケイジさんは？　彼女とかいないの？　いたらこんなとこ来ないって？

そんなことないよ。リカもこういうサイトにメッセージ残すなんて初めてのことだけど、聞いてみたらいろんな人がいるんだって。結婚してるのにそれを隠して独身のフリしてメッセージ残したりする人とかいっぱいいるみたい。

ケイジさんはそんなんじゃないよね？　シングルだよね？　彼女とかいないよね？　リカのこと大事に思ってくれてるよね？

ああ、リカもケイジさんに会いたい。だけど今はダメ。まだムリ。メール何通か交わしただけで会えるなんて思ってたら、それは間違い。リカはとっても臆病な女の子だから、デートに誘われてもなかなか信じられないの。

こんな性格だからなかなか彼氏ができないのかもしれないけど、でもそういう子だから仕方がないね。そんな子でもいい？　リカみたいな子でもいい？　いつか会ってくれる？　リカ、ドライブ行きたい。ドライブデートってすごく楽しそう。

ケイジさんの運転ってうまいんだろうな。車乗るのに慣れてるわけでしょ？　リカも今一番興味があるのはケイジさんのこと。早く会いたいね。会えたらいいのにね。またメールするね。返事待ってます』

それがリカからの返事だった。一見、ケイジに対して興味を持っているような文章が続くが、自分にとって都合のいい相手かどうかを知りたがるのはリカのメールの特徴と言えた。

「ともあれ、奥山刑事とリカはこのように濃密なメールの交換を始めました」刑事が言った。「当初は数通でしたが、四日目に入ると十通以上のメールをお互いに送り合っています」

「それからどうなった」

「一週間前、奥山刑事はリカに自分の携帯メールのアドレスを教えました。それからパソコン上でのメールのやり取りは一切なくなりました」

「一切？」

「はい。まったく」

奥山刑事はリカとメールの交換を続けているうちに、これは本物のリカだと確信したに違いない。自分が満足するまでメールを送り続ける執拗さ、それはリカ独特のものだ。

奥山刑事は書類上、捜査の資料上、リカのことを知っていた。リカのことを理解していた。その知識に照らし合わせ、メールを送ってくる女をリカと認知したに違いない。わたしでもそう判断しただろう。これはまさにリカだった。

その時、奥山刑事の胸をよぎったものは何だっただろうか。大きな魚を釣り上げることに成功した釣り師のような気分だっただろうか。

わたしには奥山刑事の心理が理解できた。これほどの大物を引き当てたことは、彼の刑事人生の中でもなかったことだろう。

十年間、警察はリカを追い続けていた。そのために投入された捜査官の数はのべ千人を超える。

そしてリカは警察官を殺している。そんな犯人まであと一歩のところにいる。

犯人と、メールとはいえ携帯でやり取りしているのだ。あとはおびき出して捕らえるだけだ。奥山刑事がそう考えたのも無理はない。

そこには功名心があったのだろう。自分一人で手柄を独占できるという思いもあったのだろう。

だから彼は誰にも言わなかった。上司にも報告しなかった。自分が今いる場所がどんなに危険かも知らずに、自分の手でリカを逮捕できると考えていたのだ。

だが、それは大きな間違いだった。リカは常人ではない。はっきりとした異常者なのだ。異常者には異常者なりのルールがある。リカはそのルールに照らし合わせて、奥山刑事を危険な存在だと察知したのではないか。

危険な存在は排除する。それがリカのルールだ。

リカは奥山刑事と出会い、自分にとって危険な人間であると認識した段階で、奥山刑事を殺害することに決めた。おそらく、奥山刑事はリカと待ち合わせ、自分の車でそこへ向かったのだろう。

そこでリカと会い、話をした。そしてリカを車に乗せたのかもしれない。

そこで逆転が起きた。リカに逆襲されたのだ。麻酔薬を注入されたのだろう。そしてリカは奥山刑事の免許証などを調べて、彼の住所を知り、そこまで車を運転してきた。部屋に彼の体を運び入れ、解体作業に取りかかった。そういうことではなかっただろうか。

奥山刑事はもっと注意しなければならなかった。一人で行くべきではなかった。誰かに事実を伝えるべきだった。

だが、一時の功名心にかられ、彼はその注意を怠った。警戒はしていたのだろう。用心もしていたかもしれない。

ただ、リカは女だ。女一人ぐらい自分の手で捕らえることができる。どこかにそんな甘い思いがあったのではないか。

殺された奥山刑事のことを悪く言いたくはない。だが、わたしに言わせればその判断は甘すぎた。リカは常識が通用する相手ではないのだ。

「では、その後奥山刑事は携帯電話でリカとメールを交換していたと?」

長谷川一課長が言った。そうです、と刑事が答えた。

「そうでなければ、あれほど頻繁にメールのやり取りをしていた二人が、いきなりそれを止める理由が見つかりません。まず間違いなく、二人はメールのやり取りの場をパソコンから携帯へと移したと考えられます」

「携帯はどこに？　奥山刑事の携帯は発見されたのか」

「いえ」

「では、どこに？」

「リカが持ち去ったものと思われます」

「なぜ？　何のためだ？」

「自分の痕跡を隠すためではないかと思われます」

刑事が言った。自分でも自信のないような答えだった。

それはそうだろう。リカは既にパソコンの中にメールという形で自分の存在を残している。もし自分の痕跡を隠そうというのなら、パソコンもまた持ち去っていなければならない。

だがパソコン本体は現場に残されていた。

明らかにリカの行動は矛盾している。だから刑事の答えは曖昧《あいまい》なものになったのだ。

しかし、事実は違っていた。リカは現場から奥山刑事の携帯を持ち去っていない。携帯は孝子のバッグの中にある。

「孝子」わたしはささやいた。「言うべきだよ」

「わかってる」

孝子は答えた。動き出そうとはしていない、わたしは立ち上がった。

「すいません、コールドケース捜査班の梅本です」

「何か」

長谷川一課長が言った。同時に孝子が立ち上がった。

「奥山刑事の携帯ですが……わたしが現場で発見しました」

「何だって？」

刑事が叫んだ。どよめきが漏れる。申し訳ありません、とわたしと孝子は頭を下げた。

「……奥山刑事の死体を発見した際、奥山刑事の携帯も見つけていました。これは証拠になると思い、そのまま拾い上げてバッグに入れたまま、報告するのを忘れていました。申し訳ありません」

孝子がバッグから奥山刑事の携帯を取り出した。昨夜、ひと晩かけてわたしと孝子で調べ上げた携帯だ。

必要なデータはすべてコピーしている。もう渡しても構わなかった。

一人の刑事がやってきて、孝子の手から携帯電話を取り上げた。そのまま三係長に渡す。しげしげとその携帯を見つめていた三係長が、見覚えがある、とつぶやいた。

「確かに、奥山刑事の使用していたものです」

「なぜ報告しなかったか」

長谷川一課長が鋭い視線をわたしたちに向けた。孝子がその視線から目を逸らした。

「……すいません。気が動転して、すっかり忘れていました」

「いつ思い出した」

「今朝のことです」

「携帯について、君は何か調べたか」

「いえ、何も」

「間違いないか」

「間違いありません」

「この件については、改めて話そう」長谷川一課長が言った。「二度とこんなことを起こさないように。捜査の根幹に関わる問題だ」

「申し訳ありません」

「とりあえず今はいい。座りたまえ」

わたしたちは席に座った。長谷川一課長もそれ以上は何も言わなかった。

「至急、この携帯を調べるように。リカのメールアドレス、メールの記録、通話記録、何もかもだ」

「了解しました」

三係長が言った。会議はまだ長く続きそうだった。

14

捜査会議が終わったのは昼の十二時のことだった。

わたしたちはそれぞれ属している班に戻り、次の命令を待った。テレビで事件のことが取り上げられている、と誰かが言い出したのはそんな時だった。

その場にいた全員が、課に備え付けられているテレビの前に集まった。ボリュームを上げてくれ、という声がした。誰かがリモコンを操作すると、音が大きくなった。

「……というわけで、現職の刑事が殺害されたわけですが」

テレビジャパンの情報番組だった。司会の男性がパネルで状況を説明している。

「テレビ番組で、しかも昼時に言うことじゃないかもしれないんですけど、とにかく酷い殺され方をしていたようなんですよ」

「どんな？」

アシスタント役の若い女子アナが言った。それがですね、と司会者の声が低くなった。

「殺害された刑事の顔から、すべてのパーツがえぐり取られていたということなんです」

「パーツというと……」

「目とか、鼻とか、唇とかです。最新の情報によりますと、口は耳元まで切り裂かれていたとか」

「恐ろしい事件ですね」

「犯人には何かそうするだけの理由というか、動機があったんですか」

コメンテーターの一人が発言した。わかりません、と司会者が首を振った。

「よほど恨んでいなければそんなことはしませんよね」

「首を切断されていたということですから、それ以上酷いことをするというのもねえ……よほど強い恨みでもあったのでしょうか」

「わかりません。事件について、警察はコメントを一切発表していません」

「ただですね、この辺りにつきまして、情報があるというんです。テレビジャパン報道局の佐藤さんです」

アシスタントの女子アナが紹介した。テレビ画面に一人の男がアップにされた。その男のことは覚えていた。昨夜、現場でわたしと孝子に声をかけてきた男だ。

佐藤さん、と司会者が声をかけた。

「何か情報があるとか」

「殺された奥山刑事ですが、皆さん覚えていらっしゃるかどうか、約一ヶ月前に、高尾の敬馬山中で手足のない死体がスーツケースに詰め込まれているのが発見された事件がありましたね」

「覚えていますよ、もちろん」コメンテーターの一人の老人が言った。「あれは酷い事件でしたな」

「奥山刑事はその事件を担当していたということなんです」佐藤が言った。「そして今回の事件は、それに関連したものではないかとも言われているんですね」

「どういう意味ですか」

「事件は十年前までさかのぼります」佐藤がうなずいた。「当時、ある男性が女性からのしつこいストーキングに遭い、警察に連れていこうとしたところを逆に拉致されてしまったというものです。その過程で救急隊員二名、警察官一名が殺されています。また、ストーキングしていた女性は他にも人を殺していると言われています」

「恐ろしい事件ですな」

　老人がいかにも興味深げに言った。佐藤が続ける。

「その時に、その女がさらっていった男が、ひと月前敬馬山で発見された男性の死体と同一人物と見られているんです」

「十年間」司会者が驚きの声を上げた。「女は、十年間その男を監禁していたということですか」

　まあそうなりますね、と佐藤が言った。

「事件の犯人は自称雨宮《あまみや》リカ、年齢その他はすべて不明。ただし、手配写真が残っています。これです」

　コメンテーターの席の後ろにボードがあった。そこに写真が映し出される。リカだった。

「へえ、この女がねえ」

「覚えてますな。確か街角などに、この写真を載せたポスターがたくさん貼られていたはずだ」

「そういえば見たことがあるような……」

　コメンテーターが口々に発言した。犯人はこの女なんです、と佐藤が言った。

「この女を警察は捜していました。十年かけて捜していたんです。だが見つからなかった。

発見することはできなかった。そして十年後、事件は急展開を迎えます。事件被害者の男の死体が見つかった。警察としてはこれを好機ととらえたでしょう。事件捜査に大勢の人員が動員されたことは十分に考えられます。そのうちの一人が奥山刑事だったというわけです」

「つまり、奥山刑事はこの女に殺された？」

司会者が質問した。そういうことになります、と佐藤が答えた。

「警察は何をしているのかね」コメンテーターの老人がつぶやいた。「十年も人殺しを放っておくなんて。職務怠慢もいいところじゃないですか」

「しかもそんな恐ろしい殺され方をするなんて……酷すぎますね」

「警察は何をしてたんだ。甘く考えてたんじゃないのか」

「十年間も危険な殺人犯を放置しておくなんて、捜査能力に問題があるというか……」

警察批判が始まった。いつものことだった。

「しかもですね」佐藤が口を開いた。「今回の奥山刑事殺しがどうして発見されたかというと、同僚の刑事が見つけたんだそうですが、それが奥山刑事の恋人だったそうです」

「恋人？」

「警察内恋愛ですね。いや、それが悪いと言ってるんじゃない。職場における恋愛というのはどんな会社においてもあり得ることです。わたしが言っているのは、なぜそれまで他の同僚の刑事が奥山刑事を捜さなかったのかということなんです。警察の犯罪検挙率が低下している昨今、警察内でも不協和音が流れているというか、あまりよろしくない表現かもしれませんが、内部的にも問題があるんじゃないかと」

「警察というのはチームワークですからな」老人が言った。「お互い協力していかなければ捜査になりません。まったく、他の刑事や上司たちは何を考えていたんだか」

「いずれにせよ、このような凶悪事件に対して、警察も足並みを揃えて捜査に当たってもらわなければいけないということですね」司会者が強引に話をまとめた。「では、続きはコマーシャルの後で」

派手な音量と共にコマーシャルが始まった。わたしたちはのろのろとそれぞれの席に戻った。

「叩かれるぞ」

隣に座っていた仁科《にしな》というコールドケース捜査班の刑事がつぶやいた。

「そうでしょうか」

「新聞も読んだけどな、マスコミは今回の奥山殺しについて警察の体質そのものを批判している。捜査のあり方そのものをね。これからどんどん攻撃されるぞ」

「早くリカを捜し出さなければならないということですね」

そういうことだ、と仁科が言った。わたしは小さく息を吐いた。

15

新しい捜査の担当が決まった。わたしと孝子はメールの分析班に回された。

パソコンメールについては既に三係が調べ上げていた。いずれもフリーメールで、アドレスを取得した者の身元は明らかになっていない。

また、海外サーバーを経由してメールは送信されており、発信人の特定もできなかった。

そして、メールの文面からはリカがどこにいるのか不明だった。

では、携帯メールはどうか。奥山刑事とリカは一週間で数百本ものメールを交換し合っている。その内容を分析し、リカがどの辺りに潜伏しているかを調べるのがわたしたちの仕事だった。

「リカは東京にいると思う」わたしは言った。「そうでなければ、高円寺に住んでいる男を交際対象として選ぶはずがないもの」

「東京とは限らない。近いとは思うけど、他県にいる可能性はあるわ。近くの県にいれば、電車なら新宿まで一時間ぐらいで出ることができる。それぐらい移動するのはリカにでもできる」

孝子が言った。心ここにあらずといった感じだった。

「どうしたの？」

「……考えてるの」

「何を？」

「……あたしはリカのアドレスを知っている」

孝子がつぶやいた。その通りだった。昨夜、奥山の携帯電話を調べた際、わたしたちはリカの携帯メールのアドレスをコピーしていた。

「それがどうしたの？」

嫌な感じがした。孝子がわたしを一瞬見て、すぐ目を逸らした。

考えていることはわかったが、それは駄目だ、とわたしは思った。間違っている。そんなことをしてはならない。そう言おうとした時、孝子が唇だけを素早く動かした。

「奥山は四人目の男だった」

それは知っていた。わたしたちはお互いのことをすべて正直にさらけ出して話していた。男性関係も隠したりしていない。奥山が孝子にとって四人目の男性だということは聞いていた。

「そんなに多くない。あたしがもてるタイプじゃないのは自分でもわかってる。こんな仕事だし、男と縁遠くなるのは仕方ないって思っていた。実際、奥山とつきあう前は三年間一人だった。結婚も出産もないかもしれないとうっすら考えていた。そんなところに彼が声をかけてきた」

孝子は奥山と交際を始めたということはすぐに話してくれていたが、細かいディテールについてはあまり触れなかった。現在進行中だから恥ずかしい、という気持ちはわかったし、わたしもそれほど詮索好きな女ではない。

そのうち聞くこともあるだろうと思って、そのままにしていた。奥山の方から接近してきたというのは初めて聞く話だった。

「あの人はちょっと古いタイプで、気安く女を誘ったりはできない人だった。どうしてあたしだったのか、あの人は最後まで言わなかったけど、あんまり女っぽくないところがよかったのかもしれない。とにかく、時々会うようになった。あの人は人見知りで、女と話すのが得意じゃなかった。会っていても黙っていることが多くて、何だかよくわからなかった」

孝子が淡々と話を続けた。わたしは黙ってうなずいているしかなかった。

「四、五回目に会った時も同じだった。意味がないと思った。今日で会うのは止めようと決めた。無言で食事したのを覚えている。そして食事も終わりに近づいた時、食べ物の好き嫌いはあるかと聞かれた。そんなにはないけど、マヨネーズが苦手だと答えた。へえ、と奥山が笑った。おれもなんだよね、と言ってまた笑った。その時の笑顔はちょっとよかった。会わないと決めたけど、もうちょっと考えてみようと思った」

「いい話じゃない」

わたしは言った。孝子が照れ笑いを浮かべた。

「奥山には子供のようなところがあった。というか、はっきりと子供っぽかった。ネクタイひとつまともに結べない。同じワイシャツを何日も着続ける。ココイチのカレーだったら何日続いても構わない。そんなあの人の世話を焼くようになって、あたしは知らなかった自分を発見していた。そういうことをするのが好きだし、向いていることがわかった。それまでつきあってきた男たちは、みんなちゃんとした人ばかりだった。あたしもそれに合わせていたし、それが普通だと思っていた。でも違った。奥山は本当の自分を教えてくれた。結婚するか、と言われた時、する、と答えた。迷いはなかった。そういう男に巡り合えてよかったと思った」

わたしは無言でいた。孝子は奥山についてほとんど話さなかったが、結婚することを決めた時はさすがに報告してくれた。

決め手は何なのか、とわたしは聞いた。タイミングが合ったの、と孝子は答えた。これを逃すと次を探すのが面倒だ、というようなことを言っていたと思う。

いずれにしろ、あまり積極的ではないという印象を受けたのだが、実際にはそんな思いがあったのだと初めて知った。

「その奥山が死んだ。殺された」孝子が乾いた声で言った。「あたしは警察の人間で、立場はわきまえている。個人プレーが許されないこともわかっている。だけど、仇を取りたいという気持ちはやっぱりある」

「……だから？　何が言いたいの？」

「リカにメールを送ろうと思う」孝子が顔を上げた。「メールを打って、おびき出す。逮捕する」

無駄よ、とわたしは首を振った。

「リカは騙《だま》されたりしない。異常者だけど、頭はいい。勘も鋭い。偽メールなんかすぐに見破る」

「そうできないようなメールを送ればいい」孝子が言った。「無視できないメールを送れば、リカは食いついてくる。引っ張り出すことができれば、必ず逮捕してみせる」

「どうやってそんなメールを作る気？」

孝子がわたしの肩に手をかけた。

「尚美がいる。尚美はリカについて警視庁内の誰よりも詳しい。十年リカを追い続けてきた。調べたし、資料も読み込んでいる。リカの心を想像できる唯一の刑事よ。尚美がメールを作ってくれれば……」

「孝子にはリカがわかっていない」わたしは手を払いのけた。「何度も言うけど、あの女は頭がいい。欺瞞《ぎまん》は通じない。見抜けばすぐに消える。それだけならいいけど、最悪の場合も考えられる」

「どういう意味？」

「リカは反撃してくる。自分を捕まえようとした者を殺そうとする。リカには人間離れした執念と知恵と行動力がある。どんな手段を使ってでも、自分を騙そうとした者を見つけ、殺す。リカには良心がない。殺すことをためらったりしない。情けもない。平気で殺す。リカは危険すぎる。ひとつ間違えば殺される……奥山さんのように」

わたしは一気に言った。奥山のように、と孝子がつぶやいた。そうよ、とわたしは腕をつかんだ。

「仇を取りたいという気持ちはわかる。わたしにとっても奥山さんは同僚で、仲間だった。それがあんな酷い殺され方をした。リカが憎い。殺してやりたいとも思う。だけど、簡単にはいかない。下手に動けば危ない。リカを相手にするには組織力が必要よ。警察なら可能だと思う。リカを捜し、確実な形で逮捕して……」

「警察は十年リカを捜し続けた」孝子がぽつりと言った。「でも、見つけられなかった。百人二百人じゃない。一時は千人単位の警察官が動いた。それでも無理だった。またこれから十年捜す？　見つけられる保証は？」

「それは……」

ないけど、とわたしはうつむいた。もっと最悪なことも考えられる、と孝子が言った。

「リカは十年一緒に暮らした本間隆雄を亡くした。尚美がいつも言ってるように、リカは愛情の化け物なんだと思う。常に愛する者を必要とする。本間がいなくなった今、リカは次の対象を探しているはず。今日とは言わない。明日でもないかもしれない。だけど、そんなに遠くないいつか、リカは新しい男を見つける。どうやって見つけるかは誰にもわからない。すれ違っただけの人間を運命の相手だと考えることもあり得る。でも、リカはその男をどんな手を使ってでも自分の物にする」

わたしは孝子を見つめた。言っていることはその通りだった。リカならそうすると、わたしにはわかっていた。

「本間と同じように拉致して、一緒に暮らす」孝子が続けた。「尚美の言っていることが当たっているなら、必ずそうする。同じことを繰り返す。犠牲になる人間が出る。殺されるよりもっと酷いことをされるかもしれない。そんな事態が予測されるのに、放ってはおけない。あたしは刑事で、犯罪を未然に防ぐのは義務でもある」

孝子が毅然とした態度で言った。もちろん、その底にある本音は、リカへの復讐心だ。恋人を殺した者への憎悪だ。仇を取りたいという気持ちがあるのは考えるまでもなかった。

言っていることは正しい。それはわたしにもわかっていた。

リカの愛情は独占欲とつながっている。リカは愛情の対象となった男を自分の所有物にしたいと考える。本間隆雄の手足や、目、鼻、舌、耳を切り取ったのも、自分だけの物にしたかったからだ。

リカは過去に人を殺していると考えられている。勤めていた病院の医師に恋愛感情を抱き、それを拒否されて殺し、首を切断した。その首がどこにあるのかはわかっていないが、リカが自分だけにわかる場所に隠していることは十分に考えられた。

それ以前のことはわかっていないが、他にも犠牲者はいたのかもしれない。リカは生きている限り愛情の対象を求め、自分の物にしようとするだろう。

それはリカが死ぬまで永遠に繰り返される。孝子の言う通り、次の犠牲者が出る可能性はあった。

そして、それはそう遠くない時期であるかもしれなかった。リカは自分が好意を持った相手なら誰でもいいのだ。

いつ、どんなきっかけで、好意を抱くのかはわからないが、それが明日のことでもおかしくはない。

狙いを定めれば、リカはその人物を自分の物にするため動き出すだろう。動き始めたリカを止めることはできない。その前に逮捕しなければならない、という孝子の言葉は間違っていなかった。

あたしは刑事だ、と孝子は言った。刑事には市民の安全を守る義務がある。彼らの平和な暮らしを守らなければならない。

自分のように愛する者を奪われる人間をこれ以上出してはいけない、と孝子が考えていることがわかった。わたしも、とわたしの唇からつぶやきが漏れた。

「大切な人を奪われた。二度と戻ってはこない」

菅原さんね、と孝子が低く言った。リカのために廃人になった菅原刑事。

彼はわたしにとって大切な人だった。警察という複雑な組織に入ったわたしについて、女性であるというその立場を理解し、思いやり、導いてくれた。

父親のように慕っていた。だが、それだけだったのか。もしかしたら、自分でも気づかなかったことだが、わたしは菅原刑事にそれ以上の感情を抱いていたのかもしれなかった。

十年間、わたしは男性と交際していない。話がなかったわけではない。好意を持ってくれる人も何人かいた。交際を申し込まれたこともある。

わたしはいつもはっきりと返事をしなかった。何となく、曖昧に話をごまかしてきた。断る理由がなくても、踏み込むことを避けてきた。

心のどこかに菅原刑事の存在があった。忘れられなかった。

わたしがリカ事件にのめりこんでいったのは、菅原刑事の復讐をしたかったからだ。仕事というだけの理由で、すべてを犠牲にして捜査に没頭することはできない。個人的な感情があった。

わたしも孝子と同じなのだとわかった。孝子は奥山刑事を失い、わたしは菅原刑事を奪われた。

わたしたちにとって、彼らはかけがえのない存在だった。リカはそれを奪っていった。どんなに辛いことかは、孝子とわたしにしかわからないだろう。

もちろん、警察はリカの行方を追う。十年前に比べて、捜査技術は格段に進歩している。今回、リカはさまざまな形で痕跡を残していた。徹底的に調べれば、リカを見つけることができるかもしれない。

だが、時間がかかるだろう。その間にリカが何をするかはわからない。明日にでも新しい犠牲者が出るかもしれなかった。

放っておくわけにはいかない。刑事として、女として、そんなことはできなかった。

わたし以外にもリカ事件の担当者がいる。彼らもリカのことは理解している。

だが、わたしほどではない。それは事実だった。わたし以上にリカを知っている者はいないのだ。

「メールを送ってみよう」

わたしはうなずいていた。孝子の言う通り、リカをおびき出す。わたしたちだけで対処しようとは思わない。リカがわたしたち二人の手に負えない存在であることは明らかだった。

逮捕するのは他の刑事に任せればいい。だが、リカを誘い出すことができるのはわたしだけだ。そうである以上、わたしがやるしかなかった。

刑事としての義務感もある。復讐心もあった。いずれにしても結論は同じだ。リカを捕まえなければならない。メールを送ろう。後のことはそれから考えよう。

紙とペンを、とわたしは言った。孝子がゆっくり立ち上がった。

Click 3　眼

1

『リカ。

久しぶりだね。元気にしてたかい？

ぼくは元気だよ。相変わらず忙しい毎日を送っている。

リカ、きみは忙しいかい？　看護師の仕事は大変かい？

もし少しでも時間があったら、ぼくと会ってみないか。

二人でまた楽しい時間を過ごそう。

返事を待ってる。たかお』

三十分ほどかけて、わたしはメールの文章を作った。たかお、というのは本間隆雄のことだ。

リカは本間隆雄のことを、本田たかおとして認識していた。どうしてその名前を使うの、と孝子が聞いた。

「リカを騙すことはできない」わたしは答えた。「リカは性格異常者で、そういう人間に特有の直感力を持っている。怪しいと感じれば返事は書かない。それだけで済めばいいけど、こちらの意図を察知して、排除しようとする可能性さえある」

「でも、奥山はリカを信じ込ませることができた」孝子が首を振った。「最終的には刑事だとわかったわけだけど、最初は奥山を普通の男と認識していた。あたしたちもリカに対して、普通の男を装ったメールを送った方がいいんじゃないのかな」

違う、とわたしは断言した。本間隆雄を失ったリカは次の男性を強く欲していた。長く孤独に耐えられる性格ではない。かつてそうしたように、リカは出会い系サイトに入っていった。

リカにとって、十年振りの出会い系サイトだったことを考えなければならない。昔と今ではあらゆることが違っている。リカはそのシステムを理解するところから始めなければならなかった。

リカは早急な結果を求めるところがある。早く次の男を探さなければならないという焦りもあった。そこに奥山刑事はうまく付け込んだ。だから、一時的にではあるけれど、リカを騙すことに成功したのだ。

だが、もうリカは学習した。二度と警察の人間だと思われる者には接近しないだろう。相手を慎重に見極めようとするはずだった。

わたしたちがいくら普通の男を装っても、リカは必ず見破る。それは確かだった。

そんな猜疑心《さいぎしん》の塊となったリカに対して、有効な手がひとつだけある、とわたしは考えていた。本田たかおという名前だ。

リカは本間隆雄が死んだことを認識している。本間の死体を捨てたのはリカで、死んだとわかったからそうした。

死んでしまえば本間の肉体は腐敗するだけのただのゴミだ。リカは自分にとって意味がないものは、あっさりと捨てられる女だった。

本間がいなくなったから、次の男を探し始めた。リカの心理はわかりやすいと言えばわかりやすい。欲望に忠実で、やりたいことをやる。本間のことなど忘れてしまったはずだ、というのはその通りかもしれない。

ただ、とわたしは思った。リカは本間と十年暮らした。十年だ。二人きりだった。他には誰もいない世界で過ごした。

幸せだったはずだ。リカは完全な形で本間を自分の物にしていた。

何をしても、本間は文句ひとつ言わなかった。言うことができなかったというのが実際のところなのだが、リカには関係ない。

リカは愛する者が自分に柔順であれば、異常者としての顔は出さない。この十年、リカによる犯罪事件は起こっていなかった。

リカは本間との暮らしに満足していた。幸せだったのだ。

その記憶をなくしているだろうか。ひと口で言うが、十年は長い。愛する者と二人だけで十年暮らしてきたのだ。

毎日が幸せだっただろう。女なら、それを忘れられるはずはない。

次の男を探しながらも、リカは思い出していたのではないか。本間と過ごした幸せな日々を、改めて考えていたのではないか。

もう一度あんなふうに幸せな時間を過ごしたい、そう思った。だから、次の男を探している。

本間の死はリカにとって想定外だった。リカは本間の死を認めたかもしれないが、受け入れてはいないだろう。嘘だと思いたい。死んではいないと思いたかったはずだ。

リカは本間の死をどうやって見定めたのか。呼吸が停止したからか。心臓が止まったからか。リカは元看護師で、死を判断することはできただろう。

だが、同時に知識もあったはずだ。脳死状態の人間でも蘇生することはあると知っていた。本間が死んだと判断して死体を捨てたが、万が一ということがあり得ると思いは及ばなかっただろうか。

愛する者の死を受け入れることは普通の人間でも難しい。奇跡が起きて、生き返ってほしいと願わない者はいないだろう。

もし、本間隆雄の身にも奇跡が起こっていたとしたら。死んだと思っていた本間が生きていたとしたら。

わたしが本田たかおの名前を使ってメールを作った理由はそれだった。本田は生きていた。死んだと思っていた本田が息を吹き返して、連絡をしてきたら、リカも衝撃を受けるだろうと考えた。

疑うかもしれないが、一縷《いちる》の望みにすがりたいと思う気持ちの方が強いはずだ。もう一度本田と幸せに暮らしたい。そう願うのは当然だった。

リカを欺《あざむ》くことができるとしたら、本田たかおという名前を使う以外に方法はない。それがわたしの結論だった。

「だけど、リカは次の男を探している」孝子が眉をひそめた。「本田たかおのことを忘れていなければ、そんなことはしない。今さら本田たかおの名前でメールが送られてきても、それを信じるかな」

「それはわからない。十年間、リカは本間と一緒に暮らした。間違いなく幸福だった。その時間を信じるしかない。リカは女を極限までデフォルメした性格の持ち主で、ねじ曲がって歪んだ形ではあるけれど、誰よりも女性的な面を持っている。女なら誰でもそうであるように、幸せな時間を共に過ごした相手を忘れることはないと思う」

十年、と孝子がつぶやいた。十年愛した男を忘れることはないだろう。

「死んだのは何年も前の話じゃない。最近のことで、記憶は鮮明だと思う。むしろ、思い出すことによって、より具体的になり、幸せだった時間のことが強く認識される。本田たかおという名前を見れば、頭ではなく心が反応する。抗することはできない。返事を書かないではいられなくなる。少なくとも確かめないではいられないはず」

「愛情の化け物ということね」

「そうでなければ何人も人を殺したり、愛する者の手足を切断したりはしない。歪んだ愛情を持つ異常者なのだということははっきりしている」

「どうするつもり？」

スマホを貸して、と孝子に言った。リカの携帯メールのアドレスがコピーされているのは孝子のスマホだ。

　わたしは画面を呼び出し、そこに自分の作ったメールの文章を打ち込んだ。あたしの携帯？　と孝子がちょっと笑った。

　わたしの携帯を使ってもよかったが、どちらにしても同じことだ。アドレスを入力する手間が面倒だっただけの話で、他に意味はなかった。

　そのまま送信ボタンを押した。メール送信完了、という表示が画面に浮かんだ。

「返事はあるかな」

　孝子が言った。おそらく、とわたしはうなずいた。

「想像している通りだとすれば、遅かれ早かれ返事をよこす。本間が生きている可能性にすがってくる。リカはそういう女なの」

「来ないと思うな」孝子が肩をすくめた。「リカは本田たかおの死を認識している。自分で本田の死体を捨てているんだよ。死んだから捨てた。もう戻ってこないとわかっている。そして、リカは次の男を探すために、出会い系サイトに入り込んでいる。もう本田は忘れたということじゃない」

　とにかく待とう、とわたしは言った。待って損はないのだ。

　返事をしてくればそれに対処する。してこなくても今と状況は変わらないと思えば、気にはならなかった。後は待つだけだ。

「長く待つことになりそうね」孝子がバッグを抱えた。「お茶でも飲みに行こうか」

食事をしに行こうとは言わなかった。わたしたちは奥山刑事の死体を発見してから今に至るまで、食事を摂る気になれずにいた。

孝子が立ち上がった。わたしもその後に続いた。捜査本部では誰もが忙しく働いていた。

2

孝子のスマートフォンの着信音が鳴ったのは、それから五時間後のことだった。画面を見ていた孝子が視線をわたしに向けた。驚きの表情が浮かんでいた。

「来た」

わたしは席を孝子の隣に移した。画面に触れている。すぐメール画面に切り替わった。

『たかおさん?』

文面はそれだけだった。送られてきたメールアドレスはリカのものだ。

リカだ。リカが返事をよこしたのだ。

「まずはさっきのメールを送ってきたのが、本当に本田たかおなのかどうかを確認してきたのね」

わたしは言った。孝子がスマホをもう一度見た。

「どうするの？　上に報告する？」

しばらく様子を見よう、とわたしは首を振った。

「今、魚は釣り針に触れた程度よ。ここで焦って引っ張り上げたら、すぐ離れていってしまう。ここからはより慎重にならないと」

いずれは上に報告するつもりだった。わたしと孝子の二人だけでリカを逮捕するのは難しいとわかっていた。

だが、今メールの件を話せば、危険すぎるということで止められるだろう。当然の措置だったが、リカからの返事があった今、止められたくないという意識があった。ここからリカまでたどりつくことができるはずだとわたしは考えていた。

「どうするの？」

「メールを返す」

「何て書くつもり？」

さあ、とわたしは首を傾げた。

「これから考える」

「書くなら書くで、早く返事をしないと。リカが逃げてしまう」

「『たかおさん?』この一行を書くために、リカは五時間使った」わたしはスマートフォンを孝子の手から取り上げた。「こっちにも時間はある」

「そんなことはないと思う」孝子が言った。「リカはレスポンスの速さを要求してくるんじゃない?」

「三十分ぐらいは大丈夫。それぐらいの時間はある。考える時間はね」

わたしはペンを取り上げた。メモ用紙に文字を書いてみる。何を書けばいいのか、考えなければならなかった。

わたしは自分が本田たかおであると虚偽の情報をリカに送った。リカは信じているのだろうか。信じきってはいないのだろう。そうでなければ、もっと長文のメールを送ってくるはずだ。

リカはそうしなかった。『たかおさん?』とだけ書いて送ってきた。

本田たかおは死んだ。リカはそれを知っている。

だが、わたしの考える通りなら、リカは心のどこかでそれを認めていないのだろう。本田たかおは生きている、と思っているところもあるのかもしれない。

半信半疑といったところだろうか。リカは自分の心に整理をつけられないまま、返事を書いた。そういうことなのだろう。

三十分かけてわたしは返事の文章を作った。それは以下のようなものだった。

『リカ。

たかおです。他に誰がいるっていうんだい？

ぼくのことはよく知っているだろう？

ぼくはいつも君のそばにいるよ。

リカ。

会いたい。早く会いたい。君が欲しくてたまらない。

君を自分の腕に抱きたい。わかるだろ、ぼくの気持ち。

またメールする。たかお』

「本田たかおに腕はない」孝子が言った。「抱くことはできない」

「比喩よ」わたしは答えた。「そういう心境だっていうこと。リカにとってはそうだったはず。リカは何度も、いえ毎日のように腕のない本田に抱かれていた。間違いない」

わたしは何千回、何万回も想像していた。腕も足もない本間。おそらくは椅子に座らされていたのだろう。そんな本田に食事を与え、大小便の世話を焼くリカ。

時としてリカは、そんな本田に自分自身の体を重ね合わせていたのだろうか。それは嫌悪感を覚える光景だった。

「リカの中では、本田に抱かれていたということ？」

「セックスという意味じゃない。リカはそんなこと超越している。セックスそのものはどうでもよかったはず。ただ抱きしめてほしい。それだけがあったと思う」

わたしは言った。考えられない、と孝子がつぶやいた。常識的にはその通りだった。

だが、考えられないと言えば、リカの存在そのものがそうだった。リカはわたしたちの常識の範囲外にいる。常識では推し量れない存在。それがリカだった。

「とにかく、このメールを送る」わたしはスマートフォンを取り上げた。「これでリカも本田たかおが生きていることを信じると思う」

そうかな、とは孝子は言わなかった。わたしのやることに口を挟まないと決めたようだった。その代わり、もう夜中の十二時よ、とわたしに言った。

「メールを返すには遅すぎるんじゃないの？」

「リカには時間なんか関係ない。それは孝子もよくわかっているはず」

リカは眠らない。自分の納得いく返事が来るまで、携帯電話を握り締めていることだろう。

本間隆雄の時もそうだった。リカは少なくとも七十二時間不眠不休で本間に関する情報をネット上で集めていたことがわかっていた。

リカは眠らない。今も一分一秒、わたしたちからのメールを待っている。

リカにとって〝たかお〟からのメールは驚きだっただろう。十年間、本間はリカに対してメールを打っていない。打つことができなかった。なぜなら、腕が、指がないからだ。

それ以上に、本間は早い段階で正気を失っていたことが考えられた。とてもメールを打てるものではない。

確かに、本間はリカにストーキングされる前、リカと頻繁にメールのやり取りをしていた。

だがそれは一時的なものだった。すぐに本間はリカとの接触を止めている。

本間は自らの携帯電話を破棄し、電話番号を変え、取得したフリーメールのアドレスを捨てた。

だがリカには関係なかった。未だにどういう手段でなのかは不明だが、リカは変更した本間の携帯電話の番号を知り、そこにかけてきたのだった。

孝子がスマートフォンをのぞき込んでいる。通信中、という表示がそこにあった。

「何をしている」

いきなり声をかけられた。立っていたのは捜査一課長の長谷川だった。

「……お疲れさまです」

わたしは辛うじて言葉を返した。不審そうな表情をした一課長が、わたしたちを見つめている。

「もう夜中の十二時だぞ」

「はい」

「さっさと帰れ。さもなくば寝ろ」

「はい」

わたしは短い返事を繰り返した。スマートフォンを渡す。孝子がそっとバッグにしまった。

「一課長こそ、こんな時間まで何をされてたんですか」

「会議だ」長谷川一課長が答えた。「リカについて、今後どのように捜していくか、その方針を検討していた」

「何か決まったんですか」

「リカは深夜一時近く、奥山のマンションに来ている。そこで体をバラバラに刻み、首を切断して殺した。それは間違いない」

「その通りです」

「おそらく、それに要した時間は長くても数時間だっただろう。我々は最低二時間、最長で四時間と見ている」

「そうですね」

「リカは高円寺にいた。仮に中を取って作業に三時間かかったとしよう。深夜一時プラス三時間は午前四時だ。午前四時。まだ電車は走っていない」

孝子がうなずいた。長谷川一課長の言う通りだった。

「それからリカはどうしたか。タクシーで移動したのか。その可能性はある。だが、都内のタクシー会社に照会した結果、現場付近でリカのような身体的特徴を持つ女を乗せたという報告はまだない」

「タクシーで移動したのではないと？」

「我々はそう考えている」

長谷川一課長が煙草をくわえた。捜査本部内は禁煙だったが、そんなことは関係ないようだった。火をつけて煙を吐き、灰を直接床に落とした。

「では、タクシーでなければどうやって移動したと？」

「わからない」

「奥山刑事の自宅近くにバス停がありました」

孝子が言った。調べている、と長谷川一課長がうなずいた。

「私鉄バスが停留所に六時ちょうどに来ることになっている。リカはその時間まで奥山の家にいて、そのバスに乗った可能性もある」

「どこ行きですか」

「新宿だ」

新宿。新宿に出てしまえばどこへでも行ける。

ＪＲ、私鉄、地下鉄と路線はたくさんある。そのどれに乗ったかはわからないが、リカは新宿に行ったのだろうか。

「バスの運転手には事情聴取をした。早朝だ。客は少なかった。朝六時の段階で、リカのような女が乗ってきた記憶はないということだった」

それ以降のバスについても調べている、と長谷川一課長は話を続けた。

「あの辺りはバス路線の密集地で、いろいろなバスが通っている。我々はそのすべての運転手に話を聞いた。時間帯も大きく幅を取った。八時までのバスについてすべてだ。だが、誰も覚えがないと言っている。リカを乗せた記憶はないと」

「では、バスではないと？」

「まだ調査中だが、バスの可能性は低いと我々は見ている」

「ということは……結局、電車ですか？　リカは始発の電車を待ち、それで移動したと？」

「高円寺には三本の電車が走っている」長谷川一課長が説明した。「ＪＲ中央線、ＪＲ総武線、地下鉄東西線だ。いずれにせよ、通る時間はわかっている。リカは徒歩で高円寺駅まで出て、電車に乗ったのかもしれない」

「……かもしれない、というのは？」

　わたしは聞いた。

「高円寺駅の監視カメラにリカの姿が映っていないのだ」それどころか、と長谷川一課長が煙を吐いた。「駅前商店街を通らなければ、奥山のマンションからは高円寺駅に行けない。商店街には二十四時間稼働している監視カメラがあった。そこにもリカの姿は映っていないのだ」

「リカは……その商店街を通っていないということですか」

「そうとしか考えられない。もちろん、大きく迂回すれば、高円寺駅に裏道を通って行き着くことはできる。だが、それにしてもそこには最終的に駅改札の監視カメラがある。そこに映っていなければおかしい。だが映っていないのだ」

　いったいどうやって、とわたしはつぶやいた。孝子がひとつ首を振った。

「奥山さんの自宅から距離は少しありますが、新高円寺駅があります。確か丸ノ内線だったと思います。リカはそこへ向かったのではないでしょうか」

「とっくに調べた」長谷川一課長がポケットから携帯灰皿を取り出して、そこで煙草を消した。「新高円寺駅の監視カメラにもリカは映っていない。犯行当日の朝の担当者も調べた。誰もリカらしき人物の姿は見ていないという」

「そんなことはあり得ません」孝子が言った。「リカは幽霊ではありません。現実に生きている人間なんです。リカは普通に呼吸し、二本の足で歩いている人間です。どこの駅の監視カメラにも映っていないなんて――」

だがそれは事実なのだ、と長谷川一課長が二本目の煙草に火をつけた。何かを恐れているかのようだった。

「リカはカメラに映っていない。我々は付近にあった百台近いカメラ映像を取り寄せて、すべてを当たった。だがリカは発見されていない。どこへ行ったのか、それは不明だ」

「リカはどこへ……」

「それが会議でも問題になった」長谷川一課長が言った。「結論は出た」

「どうなったんですか」

「リカは徒歩で犯行現場を離れた」長谷川一課長の答えは淡々としていた。「どういうルートでかは不明だが、監視カメラのない道を選んで進んだ。歩いたのだ。そして近隣の駅まで行き、そこから電車に乗り込んだ」

「近隣の駅というと」

「それはわからん。ＪＲの可能性もあるが、私鉄の駅ということもあり得る。それを探していくのが、これからの仕事だ」

例えばですが、とわたしは言った。

「リカが奥山刑事を殺害したのが午前三時だったとします。始発が走る時間は午前五時前後だと思われます。ということはリカには二時間あった。徒歩で行くには十分すぎるほどの時間です。それで近くの駅まで行ったと？」

「そうだ」

「なぜ高円寺駅を使わなかったのでしょう」

「わからない。監視カメラの存在を意識していたのかもしれない」

わたしがもし誰かを殺したとしたら、一刻も早く現場を離れたいと思うだろう。それはおそらくリカも同じはずだ。

リカは現場から逃げようとした。どこに住んでいるのかはわからないが、自宅に帰ろうとした。

だが、そこへ行くためには電車を使わなければならないだろう。にもかかわらず、最も近い高円寺駅の監視カメラにリカは映っていない。訳がわからなかった。

駅に監視カメラの類が設置されていることは、今では子供でさえも知っている常識と言える。リカもカメラがあることを知っていたのかもしれない。カメラに映ったら、どこへ向かったのかわかってしまうという意識があった可能性は十分に考えられる。

だからリカは高円寺駅を使わなかった。別の駅へ行った。少しでも自分の痕跡を消すために。

だが、そうだろうか。リカにそんな計算があっただろうか。

わたしの理解しているリカはそういう存在ではなかった。リカは本間隆雄を拉致した際に、救急隊員や警察官を殺害しているが、証拠を消そうとした跡はまったく見られなかった。

堂々と犯行を遂げ、目的を達した。言い方は変かもしれないが、そう表現するしかない。そこに計算はなかった。自分のやりたいことをやりたいようにやる。それがリカという女だ。

今回の奥山殺しもそうだった。おそらく奥山刑事はメールでリカをうまくおびき出し、逮捕しようとしたのだろう。奥山刑事はリカとの接触に成功し、リカを車で行ける場所におびきよせた。そこでリカと会った。

何があったのかはわからない。だがリカは、奥山刑事が自分が思っていたのとは違う存在であること、自分の自由を拘束しようとする存在であることを、その異常な直感で見破ったに違いない。

そうなることを予期していたのか、リカは麻酔薬と注射器を持っていた。おとなしく奥山刑事の説得に応じるふりをしたのかもしれない。車にも乗り込んだのだろう。

だがそこで逆転が起こった。奥山刑事に麻酔薬を注入し、意識を失わせた。そして奥山刑事の運転免許証を見て住所を確認した。車を運転し、奥山の自宅まで行き、後はわたしたちが見た通りだ。

要するに、リカは自分のしたいことだけをしたいのだ。その邪魔になる者は排除する。警察であろうと何であろうと関係ない。躊躇《ちゅうちょ》もない。妨害する者は殺すだけだ。リカはそういう女だった。

そんなリカが監視カメラを避けるなんて、あり得ることだろうか。わたしには疑問だった。

「まさかとは思いますが、リカが近くに住んでいたということはないのでしょうか」

孝子が言った。偶然が過ぎる、と長谷川一課長が答えた。

「リカが潜伏していたのが奥山刑事の部屋があった高円寺近くだったというのは、偶然にしても酷すぎるだろう。そんなことはあり得ない」

「ですが、奥山刑事は自分が高円寺に住んでいるという情報を開示しています」孝子が反論した。「リカと奥山刑事が出会ったのはインターネット内の出会い系サイトです。会うつもりがあるのなら、なるべく近距離の者を選ぶのが出会い系の常識です。まさか大阪や九州に住んでいる者を選ぶとは思えません」

「それはその通りだが……」

「リカは会える人間を探していた。会って、自分のことを理解し、感情を分かち合える者を探していた。高円寺という場所がキーワードになっていた可能性は十分にあります」

「参考意見として聞いておこう。確かに、杉並区内に住んでいたとしたら、監視カメラに映っていなかった理由も納得できる」

だがその可能性は低いだろう、と長谷川一課長が言った。そうなのかもしれない。同じ杉並区に住んでいたというような偶然は、考えにくい。

それに、都内の杉並区に隠れていたとしたら、今までの十年間の中で必ずリカは発見されていただろう。リカが暮らしていたのは誰も住んでいないところのように思われた。それは捜査本部内にいた誰もが共有する感覚だった。

「結論として、我々は近隣駅の監視カメラに残っている映像を解析することにした。簡単に言うが、これは生易しい作業ではない。人手もいる。つまり、まだまだ時間はかかるということだ」

長谷川一課長が言った。わたしたちはうなずいた。

「時間帯は限られていると言えば限られている。始発の走る時間だ。客は少ない。その意味から言えば、リカを発見することはそう難しくないとも思えるのだが……」

「でも、リカが始発の電車に乗ったかどうかはわかりません」わたしは言った。「駅近くで何時間も待っていたのかもしれません。リカは普通の犯罪者とは違います。常識では測れない者なんです。もしかしたらリカは奥山さんを殺した後も、ずっと現場に留まっていたのかもしれない」

もしかしたら、リカは奥山刑事の死体が発見されるまでの三日間、ずっと奥山のそばにいたのではないか。そんな考えが頭をよぎるほど、リカの行動は予測がつかなかった。

「それを言い出せばきりがない。とにかく我々は捜査の常道にのっとって事件を調査するだけだ」

もう帰れ、と長谷川一課長が言った。わたしたちは立ち上がった。不意に、長谷川一課長がわたしたちを正面から見つめた。

「奥山の携帯電話の件だが……現場で発見したというのは本当か」

「本当です」

孝子が答えた。長谷川一課長が三本目の煙草をくわえた。

「携帯の中身を君たちは見たのか」

わたしたちは顔を見合わせた。見ました、とわたしは正直に答えた。

「奥山とリカのメールのやり取りもか」

「はい」

「重要な証拠だ……なぜすぐに捜査本部に提出しなかったのか」

「あまりに異常な状況に、取り乱していました。携帯電話をバッグに入れたところまでは覚えていますが、その後は何が何だか……それどころではなかったというのが実際のところです」

「混乱して忘れていたと？」

「はい」

「真っ先に思い出してほしかったがね」長谷川一課長が煙草に火をつける。「捜査方針の根幹にも関わる問題だ。それはわかっているだろう」

申し訳ありませんでした、と孝子が頭を下げた。もちろんわたしもそうした。

「君たちはメールを読んだ。意見は？」

「奥山刑事の執念を感じました」わたしは言った。「リカを逮捕するためなら何でもするという覚悟がありました」

「君は？」

長谷川一課長が孝子の方を向いた。孝子が口を開いた。

「わたしは……なぜ奥山刑事が自分のしていることをわたしに言ってくれなかったのだろう

と思いました」

「それは……恋人だったからか」

「わたしでなくてもよかった。同僚の誰かに伝えておいてほしかった。そうすればあんなことにはならなかったのにと思います」

　長谷川一課長が孝子の肩に手を置いた。

「残念だった」

「……はい」

「気持ちはわかる。仇を取りたいと考えているんだろう？」

「……はい」

「だが、これは警察の仕事だ。個人プレーは許されない。言っておくが、くれぐれも勝手な行動は慎むように。いいね」

「わかっています」

「独走するなよ」

「はい」

　それならいい、と長谷川一課長が煙を吐いた。

「帰りたまえ……表はマスコミが張っている。通用口から帰るように」

わかりました、とわたしたちはそれぞれのバッグを抱えて礼をした。深夜一時になっていた。

3

わたしと孝子は通用口から表に出た。とにかく、いずれにしても一度は家に帰らなければならなかった。

着替えをしたい。風呂にも入りたい。食欲はなかったが、それでも何か腹に入れなければならなかった。

「帰ろう」

「うん」

「明日も朝は早いし」孝子が言った。「一度帰らなくちゃ」

「リカからメールが来たら知らせて。どんな時間でも構わない」わたしは孝子の目を見た。

「孝子の家に行くから」

リカにメールを送ったのは孝子のスマートフォンからだ。返事があるのはそこしかない。

「リカからメールがあったら、そっちに転送する」孝子が約束した。「どんな時間でもね。

絶対よ」

「それ以外でも、何かあったら必ず連絡して。一人で立ち向かわないで。わたしがいることを忘れないで」

わかってる、と孝子がうなずいた。その時、ライトが光った。反射的にわたしたちは首をすくめた。

「こんばんは」

男の声がした。ライトをバックにしているために姿は見えない。

「待っていたんですよ」

男の影が近づいてきた。わたしたちは声の方を見た。昨日も会ったテレビ局の男が立っていた。確か佐藤という名前だった。

「話すことはありません」孝子が先手を取って言った。「失礼します」

「ちょっと待ってくださいよ」佐藤がにやけた笑みを浮かべた。「何時間待ったと思ってるんです？　十二時間ですよ。少し話を聞かせてくれたっていいでしょう」

「待っていてほしいと言った覚えはありません」

「そんな冷たいこと言わないで」いつの間にか佐藤がわたしたちから数歩の距離に近づいていた。「少しだけでいいんですよ。話を聞かせてください」

「何も言うことはありません」

わたしは一歩下がった。

「奥山刑事はお気の毒でしたね」

お構いなしに佐藤が話し続ける。マスコミの人間らしいことだった。

「お辛かったでしょう」

「答えたくありません」

孝子が言った。佐藤の笑みが濃くなった。

「いや、我々もね、同情してるんですよ。警察官が職務遂行中に殺害された。しかも犯人はわかっている。その所在をつきとめられないだけだ。残念でしょう。無念でしょう」

孝子が黙った。佐藤がもう一歩近づいてくる。後ろにカメラがいた。

「しかも殺されたのは、同僚であり恋人である刑事だった。殺され方も半端じゃない。目玉や唇をえぐり取られて、その上に首まで切断されて殺されたときている。その現場を発見したあなたとしてはショックだったでしょう」

「帰ります」

孝子が佐藤に背を向けた。カメラが近づいてきて、回り込んだ。

「奥山さんを発見した時の心境は？　どんなふうに思いましたか？　犯人を憎いと思いはし

ませんでしたか？」

「止めてください」わたしは孝子と佐藤の間に割って入った。「彼女は傷ついているんです。あなたの思っている以上に。そっとしておいてあげてください」

「個人的にはそれもありかなと思いますが」佐藤が言った。「全国の視聴者はそれを知りたがっているんですよ。恋人を惨殺された刑事が今何を思い、何を感じているのかをね。それを報道するのが我々の仕事であり、義務なんです」

「知りたがっているとは思えません」

「いいえ、知りたがっていますよ」佐藤がスマートフォンを開いた。「これはぼくのツイッターなんですがね、意見が殺到している。恋人を殺された刑事さんはかわいそうだとか、恋人を殺された刑事さんは今何を考えているかだとか、感想や質問がどんどんツイートされている。これは事実なんです」

「それにいちいち答える義務はありません」

「しかし、知りたがっている人がいるというのも確かなんですよ」

「そんな興味本位な質問には答えたくありません」

「答えたいとか答えたくないとか、そんな個人的なことを聞いてるわけじゃないんです。あなたたちには答える義務がある。奥山刑事の死体を最初に発見した者として、そして恋人だった者として」

佐藤が居丈高に言った。マスコミの言う正義とは何なのだろうか、とわたしは思った。

マスコミは常に正義を振りかざす。国民の知る権利を満足させろと言う。

そのために傷つく人がいようといまいと、彼らには関係ない。彼らはただ報道できるネタが欲しいだけだ。

そこには知る権利も何もない。あるのは愚劣な好奇心を満たすだけの単なるのぞき趣味だけだ。

孝子が何も言わず歩き出した。表通りに出る。カメラが追いかけてきた。ライトがまぶしい。

「お願いします。ひと言でいいんですよ。今の心境は？」

佐藤が追いかけてきた。わたしは殴ってやりたいという衝動を抑えるのが精いっぱいだった。

孝子が手を挙げた。タクシーが近寄ってくる。ハザード。ドアが開く。佐藤がするすると近づいてきて、ドアの隙間からマイクを差し入れた。

「ひと言でいいんです。何かコメントをください」

わたしも手を挙げた。深夜の国道は空車でいっぱいだった。そのうちの一台が近づいてくる。

「孝子、答える必要ないよ。記者の人、コメントはすべて広報を通してください」

だが佐藤はわたしの声など聞いてはいなかった。マイクをタクシーの車内に突っ込んだまま、孝子の答えを待っている。

「……必ず、犯人を逮捕します」

孝子が言って、ドアを閉め直した。そのままタクシーが走り出した。

佐藤とテレビクルーが道にぽつんと取り残された。すぐにわたしの方に向かってくる。

「梅本刑事、あなたも何かコメントを」

「何も言うことはありません」わたしはタクシーに乗り込みながら言った。「コメントはありません」

「犯人に対しての思いは？　憎しみとかはありませんか？」

「犯罪は犯罪です。警察官は常に犯罪に対して憎しみを抱いています。犯罪がなくなってほしい。社会から犯罪というものが根絶されてほしい。常にそう考えています」

「一般論を聞いてるんじゃありません。奥山刑事殺しについて聞いてるんです。あなたはどう思いましたか？　バラバラになった死体を発見して、どう思いましたか？」

わたしはタクシーの運転手に、初台まで、と言った。

「出してください」

「いいんですか？」

タクシーの運転手が言った。佐藤がドアを手で叩いている。構いません、と答えた。

「行ってください」

わかりました、とタクシーの運転手がうなずいてアクセルを踏んだ。車が走り出す。

後部ウインドーを振り向いた。車道にカメラクルーと佐藤が立っている。二人の顔に満足そうな笑みが浮かんでいた。一瞬、わたしの胸に凄まじい殺意がよぎった。

4

深夜一時四十分、わたしは初台のマンションに帰った。真っ先にしたのは、風呂を沸かすことだった。

お湯が溜まったのを見計らって、着ているものをすべて脱いだ。洗濯籠に叩き込む。

素裸になって風呂に入った。冷えた体が温まってくるのを感じながら、わたしは顔を洗った。

（孝子）

頭に浮かんだのは孝子のことだった。孝子が住んでいるのは吉祥寺だ。

もう帰り着いているだろうか。何をしているのだろうか。わたしと同じように風呂で温まっているだろうか。

何か食べているだろうか。それとも、リカからのメールをただひたすら待っているのだろうか。

シャワーを全開にし、体を洗った。奥山刑事の惨たらしい死体のことが頭をよぎった。吐き気がした。いけない、と頭を振った。

（忘れなければ）

だが、思うだけ無駄だった。目も鼻も唇もない奥山刑事。切り取られたその首。

風呂場から出てトイレに飛び込んだ。便座に顔を突っ込んで、そのまま嘔吐《おうと》した。出てくるのは黄色い胃液だけだった。

吐き気が収まるのを待って、のろのろとトイレを出た。全身びしょ濡れだった。

バスタオルで頭と体を拭き、そのままの姿で寝室へ入った。クローゼットから下着を取り出して身につける。部屋着に着替えると、ようやく人心地がついた。

冷蔵庫の中には二日前に食べかけていたヨーグルトがあった。取り出して、ひと口食べた。

（孝子）

時計を見た。二時半。眠らなければ。眠って、明日に備えなければならない。必要なのは休息だった。

その時、呼び出し音が鳴った。わたしは携帯に飛びつき、画面を開いた。メールが一通。孝子からだ。

『来たわ』

文面はそれだけだった。メールが添付されている。わたしは夢中でそれを開いた。

『たかおさんへ。
ああ、本当にたかおさんなの？　どうしてたの？　どこにいるの？　何をしてるの？
どうしてリカのそばにいないの？　何で？　何で？　何で？
リカもたかおさんに会いたい。今すぐ会いたい。会って、抱き締めてもらいたい。
今どこなの？　会いにこれる？　リカは家にいる。ずっとたかおさんを待ってる。
早く帰ってきて』

メールにはそう記されていた。わたしは二度その文面を読んでから、孝子に電話した。ワンコールで孝子が出た。

「もしもし？」

「ああ、尚美」

ば。わたしは走り出していた。

5

初台から吉祥寺まではすぐだった。三十分後、わたしは孝子のマンションに着いていた。時計を見た。午前三時を五分回ったところだ。

インターフォンを鳴らすと、すぐドアが開いて、孝子が出てきた。引っ張られるようにして中に入る。

「早かったね」

「車がすぐ拾えたから……」

リビングに通された。孝子はさっきまでと同じスーツを着ていた。おそらく、風呂にも入っていないのだろう。

「コーヒーでも飲む？」

孝子は落ち着いていた。焦っても仕方がない。もらうわ、とわたしは言った。

孝子がコーヒーメーカーにミネラルウォーターを注いでから、自分のスマートフォンを持ってきた。メール画面を開く。わたしたちは改めてリカからのメールを読んだ。

「会いたがってる」

「そうね」

孝子がうなずいた。わたしはもう一度メールの内容を確かめた。

「家で待ってると書いてある」

「その家がわかれば」孝子が言った。「警察官を大勢連れて踏み込んでる」

コーヒーの沸く音がした。孝子が立ち上がって、棚からコーヒーカップを取り出した。

「どうするつもり？」

「返事を送らなきゃ」

「どう書く？」

「わからない……迷ってる」

孝子がコーヒーを注いだ。ミルクも砂糖もなしに、わたしは濃いコーヒーを飲んだ。

「迷ってるって、どんなふうに？」

「わたしたちはリカの家を知らない。居場所を知らない。近くなのか、遠くなのかさえわからない。とにかく、今はリカをそこから引っ張り出すことが先決よ。そこへ行くことができない以上、リカを動かすしかない」

「でも、リカは家で待ってるって」

「だから迷ってる。どう書けば、どんなメールを送れば、リカを外におびき出すことができるのか」

わからない、と首を振った。カップからコーヒーの香りが漂った。

「時間がない。早く何かメールを送らないと」

孝子が言った。その通りだったが、いい考えが思いつかなかった。どう書くべきだと思うか聞いた。

家はどこなのかストレートに聞いてみたら、と孝子が言った。冗談だとわかっていたが、笑えなかった。

「すべてがぶち壊しだわ」わたしはため息をついた。「そんなことをしたら、こっちが本田たかおではないとわかってしまう」

しばらく沈黙が続いた。孝子がコーヒーメーカーごと持ってきて、わたしのカップに新しいコーヒーを注いだ。

「とにかく、リカは早く会いたいと言っている」わたしはメールの文面を読み直しながら口を開いた。「彼女の言うたかおさんに早く会いたいというその気持ちに逆らってはいけないと思う」

「うん」

「だから、こっちも早く会いたいと思ってることを書いて送ればいいのだけど、今はそれができないとわからせないと——」

「どうしてできないの？」

「……真夜中だから」わたしは時計を見た。「この時間、電車は走っていない。移動手段は車しかない。だけど、車が捕まらないと言えば」

「そんな、おかしい」孝子が反対した。「今だってそうよ。尚美だってタクシーでここまで来た。道には空車がたくさん走ってる。車なんかすぐ拾える」

苦しい言い訳であることはわかっていた。孝子の言う通り、タクシーを捕まえるのは簡単だろう。乗れば、リカのもとに行くことができる。

だが、今の時点で、わたしも孝子もリカの家がどこにあるかわかっていなかった。こちらから行くのではなく、リカをおびき出さなければならない。

そのためには無理な言い訳でも押し通すしかなかった。しばらく考えて、ようやく一通のメールを書き上げた。

孝子がわたしの手元をのぞき込む。そこにわたしはこう記していた。

『リカ。

返事が遅くなって済まない。いろいろ事情があってね。

ぼくもすぐに君に会いたいよ。早く会いたい。会って君を抱き締めたい。

だが、時間も時間だ。まだ電車は走っていない。

君のもとへすぐ行くことはできない。

君こそ、こっちへ来れば？　その方が早い。

ぼくは待ってるよ。早くおいで。たかお』

これって、と孝子が首を傾げた。このメール自体にほとんど内容がないとわかったようだったが、わたしとしても、これ以上具体的なことを盛り込むことはできなかった。これは場つなぎ用のメールなのだ。

ただその中に、こっちへ来ればいいと書いたところがポイントだった。

「行くんじゃなくて、こっちへ来させるってことね」

「そう。行くことができない以上、これしかないでしょう」

わたしはもう一度時計を見た。三時半だった。いいんじゃないのかな、と孝子が言った。

「それでメールを送ったら？」

「こっちというのがどこかを指していないところが難ね」わたしは言った。「リカだって、どこへ行けばいいのかわからないでしょう」

場所を指定するべきだったが、リカがどこから来るのかわかっていない以上、迂闊《うかつ》なことは書けない。

「とにかく、送る」わたしは宣言した。「どこへおびき出すかは、またメールのやり取りの中で考えていけばいい。今は返事を出すことが先よ」

リカからの返事があってから、もう一時間が経つ。早く送らなければ、リカは疑うだろう。わたしは孝子のスマートフォンを操作して、手早くメールを作った。送信ボタンを押す。

「信じるかな」

孝子がつぶやいた。

「わからない」わたしは首を振った。「でも、今はやってみるしかない」

送信完了しました、というメッセージが液晶画面に現れた。三時三十五分のことだった。

6

それからは待ちだった。わたしたちはコーヒーを飲みながら、メールの返事を待った。

テレビでもつけようか、と孝子がリモコンを取り上げた。通販番組をやっていたが、見る意味はない。ただ、何もなしに待っていると心が押し潰されそうだった。

「長谷川一課長が禁煙できない理由がよくわかる」孝子が言った。「こんな時、煙草が吸えたらどんなに楽だろうと思う」

わたしも孝子も煙草は吸わなかった。できるのはただ待つことだけだ。

幸い、その時間はそれほど長くなかった。四時十二分、返信があったのだ。

『たかおさんへ。

リカは今すぐたかおさんに会いたい。

会って、抱き締めてもらいたい。強く抱き締めてもらいたい。

そのためなら何でもする。どこへでも行く。

どこへ行けばいい？　どうしたら会える？

教えて。あなたのリカ』

わたしが安心したのはメールの内容ではなく、返信があったという事実に対してだった。

とりあえずリカはこちらが本田たかおであることを疑っていない。そうである限り、リカの心をコントロールし、おびき出すことは可能なはずだった。

「リカはこっちへ来るつもりよ」孝子が言った。「どうする？」

「いったいリカはどこに住んでいるんだろうか」わたしは首を傾げた。「東京？　それとも近くの県？　埼玉とか千葉とか神奈川とか。そこからどうやってわたしたちの指定した場所へ来るつもりなのか」

「わからない。だけど、これだけは言える。リカなら、どんなに遠くにいたとしても、必ず最短の交通手段を使ってやってくる。間違いない」

そうだろう。それは今までのリカの行動が示していた。

奥山刑事の時もそうだった。出会い系サイトで知り合ったリカと奥山刑事は、その後パソコンのメールアドレスから自分たちの携帯電話のアドレスを教え合った。

そして奥山刑事は自分の携帯電話の番号をリカに教えていた。奥山刑事の携帯電話には、非通知設定の電話から数十本の着信があった。

奥山刑事はリカと話し合ったのだろう。どこで会うのか。いつ会うのか。その後どんなことになるのかわからないまま、奥山刑事は危険な領域に足を踏み入れていたのだ。

そして、二人は会う約束をした。リカのリクエストなのかどうか、二人は車で行けるところで会うことにした。

奥山刑事は自分の車を出し、リカに会いに行った。そしてリカを逮捕しようとしたが、失敗した。逆にリカに捕まってしまい、殺された。

いずれにせよ、これだけは言えるだろう。リカは会える相手なら、どんな時間、どんな場所でも応じる。それがどれだけ遠くてもリカにとっては一緒だ。

必ずリカはそこへ行く。そして相手と会う。

「それにしても、リカがどこから来るのかわからなければ、最短で会うことはできない」孝子が言った。「電車の時間の問題もある。遠くから来たんじゃ、連絡だってうまくいかない」

そうね、とわたしはうなずいた。

「場所によると思う。リカがどこから来るのか、それがわかれば……」

孝子が舌打ちをした。リカに直接どこに住んでいるのかを聞くわけにはいかない。本間隆雄は十年間リカと共に暮らしていたのだ。

おそらく正気を失っていたはずだが、最初からそうだったとは言えない。当初は意識があっただろう。

自分が誰なのか、どこにいるのかをリカから聞かされていると考えられた。隠す必要がないからだ。

だから、本間は自分がいる場所を知っていると思われた。そんな本間が、今さらのようにリカに対してどこに住んでいるのかを聞くはずがなかった。そして本田たかおの名前を使ってメールを送っているわたしたちもリカにそれを聞くことはできなかった。

いったいリカはどこに住んでいるのだろう。奥山刑事に会ったことからもわかるように、東京近辺に住んでいることは間違いない。

だが、警察は十年間リカを捜し続けていた。にもかかわらず、リカは発見されなかった。

リカは殺人犯だ。しかも警察官を殺している。警察にとっては憎むべき重罪犯だった。コールドケース捜査班を中心に、リカ事件は今も捜査が続いている。投入された人数も少なくない。

それでも、リカは見つかっていなかった。どこに隠れ住んでいるのか、それは謎だった。

リカという人間は確かにいる。彼女は一度、警察に逮捕されている。救急車で病院に搬送されていった。それは間違いない。リカは生きた人間で、現実に存在している。

そしてわたしたち捜査に関わった者は、リカの顔を知っている。写真もある。手配写真は関東各県の交番や駅などさまざまな場所に貼られていた。

リカは特徴のある顔付きをしている。痩せて、背が高い。顔色は悪く、皮膚はがさがさで生気というものがない。目や鼻、口は大きく、髪の毛は長い。誰が見ても一目でわかる女だ。

にもかかわらず、目撃情報は上がってこなかった。手配写真には殺人犯であることも明記されている。だが、リカを見たという者は現れなかった。

リカの行方を追ってみると、まるで幽霊を追っているような気分になった。

しかし、思い返してみれば、オウム真理教の逃亡犯も、協力者がいたとはいえ、十年以上の長きにわたって逃亡生活を続けていたのだ。リカが見つからないのはそういう理由もあるのかもしれなかった。

「どうする？」

疲れた声で孝子が言った。提案してみよう、とわたしは口にした。

「提案？」

「どこでもいい。どこかリカにゆかりのあるような場所を選んで、そこに来させるように仕向ける。それしかないと思う」

「リカにゆかりのある場所ってどこよ」

それはわからなかった。かつて、リカは本間隆雄を山梨県の施設に拉致監禁したが、まさか同じところにいるとも思えない。

しかも、その場所はもよりの駅から車で二十分ほどもある場所だった。わたしたちが行けない。

「都内よ。どこでもいい。何か心当たりはない？」

わたしは過去の記憶を呼び起こしていた。リカが本間隆雄と会ったのはどこだったか。

練馬区のとしまえんだ。としまえんの駐車場で二人は会っていた。

そして本間の自宅は久我山《くがやま》にあった。そのどちらかだろうか。

「いっそ、高円寺にしない？」

突然孝子が言った。高円寺、とわたしはおうむ返しに聞いた。

「そう、高円寺。リカは最近高円寺に来ていた。その記憶はあるはず。高円寺までの電車のアクセスもわかっている。高円寺なら迷いようがない」

高円寺は奥山刑事が住んでいた場所だ。リカは奥山の車で彼の自宅まで来ていた。その後、どこをどうやって移動したかは不明だが、高円寺を脱出することに成功していた。なるほど、高円寺なら来させることも可能かもしれない。

わたしはメモ帳を取り出した。そこに文字を書き付けていく。少し時間がかかったが、文章ができあがった。

『リカ。

たかおだよ。

ぼくも早くリカに会いたい。一刻も早くリカの顔が見たい。

今どこにいる？　ぼくは高円寺にいるよ。

高円寺でリカを待っている。早くおいで』

「高円寺のどこで待つかについては書かなくていいの？」

孝子が聞いた。どうだろう、とわたしは首を振った。

「どこと書けばいいのかな」

「常識的には、駅で待ち合わせだと思うけど」

孝子が言った。わたしは高円寺駅というワードを書き入れた。高円寺駅で待つということだ。さっそくそれをメールにした。

「送るよ」

「うん」

送信。返事は来るだろうか。リカは怪しまないだろうか。

だが、そんなことを考えても仕方がない。もうメールは送られてしまったのだ。

「今、何時？」

「四時半」

眠い、と孝子がつぶやいた。わたしたちはもう三十時間以上も寝ていなかった。

「リカから返事があれば着信音が鳴る。それまで少し休もう」

わたしは言った。それぞれ椅子に座り、体をテーブルに突っ伏した。いつリカから返事はあるのだろうか。

そんなことを考えているうちにうとうととしてきた。人間の体というのは正直なものだ、と思いながらわたしたちは浅い眠りについていた。

7

着信音。わたしと孝子は同時に跳び起きた。

「何時？」

「……五時五分」

孝子がスマートフォンに飛びつき、画面を開く。

わたしはそれを横からのぞき込んだ。そこにはリカからのメールが届いていた。

『たかおさんへ。

リカです。嬉しい。嬉しい。嬉しい。

またたかおさんに会えるなんて。たかおさんに抱き締めてもらえるなんて。

信じられない。こんなに嬉しいことない。

高円寺ね？　行くわ。今すぐ行く。

いつものように、ホームで待ち合わせしましょう。

待っててね。あなたのリカ』

「いつものように？」

孝子が言った。リカの妄想よ、とわたしは答えた。

「リカは、リカの中では本間隆雄と常にデートしていることになっている。その待ち合わせの場所が駅のホームという意味よ」

リカには妄想癖がある。自分が好意を寄せている男性が、自分のことを好きでいてくれるという確信と、二人きりでいる時の生活を想像することだ。

リカは本間隆雄を山梨の施設に拉致した際、その部屋を飾り立てていたという。ピンクでコーディネートしていたのだ。いかにもリカの考えそうなことだ。それはまるで新婚家庭のようだった、と菅原刑事は言っていた。

発見された時、リカと本間はお揃いのパジャマを着ていた。リカにとって本間との暮らしは新婚生活のようなものだったのだろう。

それと同じように、リカは空想上で本間と何度もデートしている。リカの中で、リカと本間は外で何度も会っているのだ。

その待ち合わせの場所として、喫茶店か飲み屋か、あるいは駅で待ち合わせるというのは一般的なところだろう。最初からラブホテルで待ち合わせるカップルなどいない。その意味でリカは痛々しいまでに純真だった。

「高円寺駅にリカは来る」わたしは言った。「何時に来るか、それが問題ね」

「リカがどこから来るかによる。もう始発が走る時間よ。近くにいるのなら、すぐにでも来られる」

「どこにいるんだろう」

それがわかれば苦労はしない。リカがどこにいるのかわからないから、この十年捜査は続いていたのだ。

「少なくとも都内じゃないと思う。都内だったらもうとっくに見つかっているはず。近郊のどこかだと思う」

「近郊っていったって、たくさんある。どこと絞れないの？」

それはできなかった。本間の死体が発見された際、リカはおそらく車で移動していたものと考えられたが、その車をどこから運転してきたのか、それすらもわかっていなかった。

「警察なんて、たいしたことできないね」

「そうね」

警察力にも限度というものがある。情報がない以上、リカを発見することは難しかった。

リカはどこに隠れ住んでいるのだろう。

「とにかく、了解したという返事を出さないと。何時頃になるのか、それも聞いてみた方がいい」

わたしは言った。メールを作って、と孝子が肩をすくめた。それはわたしの役目だった。あまり時間をかけるわけにはいかない。わたしは文章を作った。

『リカへ。
わかった。君もぼくと同じ気持ちだとわかって、嬉しいよ。
早く会いたい。すぐにでも会いたい。
高円寺駅のホームでいいんだね。
何時頃になる？
ぼくはこれから駅へ行って、ずっと君を待つよ。
早くおいで。リカへ。たかお』

何時頃になる？　というのがポイントだった。どこから来るにせよ、それでリカの現在の居場所も見当がつくというものだ。

電車で来るのだろうか。それとも車か。タクシーということも考えられる。いずれにしてもリカはもう目の前だった。必ず捕まえられる。

「あたしたちも移動しよう」孝子がスマートフォンを取り上げた。「高円寺駅に行かないと」

「ちょっと待って。その前に聞いて」

「何？」

「ここまでのことを、上に報告しなければいけないと思う」

わたしは言った。警察官には常に自分の行動を上に報告する義務があったが、それを言っているのではなかった。

今、リカはわたしたちが送ったメールを、本田たかおからのものだと信じている。会うために高円寺まで出てこようとしている。逮捕する絶好のチャンスだ。

だが、それは他の刑事たちに任せるべき仕事だった。わたしと孝子の二人だけでは難しいという判断があった。

最初から考えていたことだが、リカは逮捕しようとすれば抵抗するだろう。リカの凶暴性については今さら言うまでもない。何をするかわからなかった。

女二人で押さえられるものではない。人数が必要だった。

そして、それ以上にわたしは怖かった。このままではリカと直接向き合うことになる。それはははっきりとした恐怖だった。

もうリカをおびき出すことにはほとんど成功していた。ここまで来れば、上の連中もリカを逮捕するために動いてくれるだろう。報告して、彼らの指示を仰ぐべきタイミングだった。

「そうね……」孝子がうなずいた。「報告した方がいいとあたしも思う」

「どれだけ怒られることか」

「一緒に怒られよう」

孝子が笑った。乾いた笑いだった。

わたしは捜査本部直通の電話番号を押した。朝の五時だったが、ツーコール鳴り終わらないうちに相手が出た。

「もしもし」

「コールドケース捜査班、梅本です」

「ああ、梅本か」

男の声には聞き覚えがあった。坂上といって、わたしより二つ上の刑事だ。今は一課強行班にいる。

「どうした、こんな時間に」

「ちょっと報告したいことがありまして」

「報告？　何だ」

「長谷川一課長はまだいますか」

「ちょっと待ってくれ……いるぞ」

いつ長谷川一課長は寝るのだろうと思いながら、わたしは電話を握り直した。

「代わってください」

「何だ、おれじゃ駄目なのか」

「そういうわけじゃないんですけど……すいません」

苦笑する声が聞こえた。ちょっと待て、という言葉と同時に保留音が流れた。

「はい、長谷川」

一課長の声がした。声に疲労が混じっていた。

「梅本です」

「どうした。帰ったんじゃなかったのか」

「すいません、報告があります」

一課長が黙った。何か不穏なものを感じているようだった。

「言え」

「リカですが……リカからメールがありました」

「メール？」

「わたしたちは奥山刑事の携帯電話を発見して、本部に提出する前に中を見ました」

「うん」

「リカからメールが何百通も届いていました。わたしたちはそのアドレスをコピーしました。そしてそのアドレスにメールを送ったんです。本田たかおの名前で」

わたしの横では、孝子が今までわたしたちとリカが交わしたメールを本部に転送していた。

「何てことをしたんだ」

「すいません、黙っていて」

長谷川一課長は何か言いたそうだったが、息を呑む音だけがした。堪えているのだろう。

それで、と次の言葉を促した。

「今、本部のパソコンにリカとのメールを転送しています。読んでいただければわかると思いますが、リカはわたしたちのことを本田たかおだと信じています。信じて、会おうと言ってきています」

「先走るなとあれほど言っただろう」

「すいません」

「まったく、何てことをしてくれたんだ……それで、どうした」

「高円寺駅のホームで待ち合わせをすることになりました。リカは可能な限り早くこっちへ来ると返事を寄越してきました」

「リカはどこにいるんだ」

「わかりません」わたしは首を振った。「それを聞くことはできなくて……」

「ちょっと待て」長谷川一課長が言った。「パソコンにメールを転送しているんだな」

「はい」

「もう終わったか」

わたしは孝子の方を見た。孝子が指で丸を作った。送りました、と言った。

「そのまま待て……見る」

受話器の置かれる重い音が聞こえた。わたしはそれから数分待った。いきなり長谷川一課長の声がした。

「読んだ」

「事情はご理解いただけましたか」

「梅本、何てことをしたんだ。こんなことをする権利はないぞ」

「すいません」

「言いたいことは山ほどあるが、後にしよう。とにかく君たちはリカとの接触に成功した。高円寺駅のホームで待ち合わせると約束した。そもそも、何で高円寺なんだ？」

「それは……いろいろ考えた結果、それがいいと思って……」

「まあいい。この最後のメールが届いたのは、ついさっきのことだな」

「五時五分です」

「リカはどこから来るんだ」独り言のように長谷川一課長が言った。「どうやって来る」

「わかりません」

「いつ来る？」

「それもわかりません」わたしは言った。「リカは高円寺駅のホームで待ち合わせしようとだけ書いて寄越しました。何時になるのか、指定はありません」

「君たちは今から高円寺駅に行って、そこで待つとメールを送った。そうだな」

「はい」

「リカは可能な限り早く来ると書いた。いったいどれぐらいの時間がかかるのか、見当もつかん」

「すいません。ですが、これはチャンスです。リカは必ず高円寺駅にやってきます。逮捕は目前です」

「わかってる。ちょっと待て」

坂上、と呼ぶ声がした。何か話している。わたしはじっと待った。

「今、緊急配備をかけた」長谷川一課長が言った。「この時間だ。すぐに動き出せるというものではない。それでも、百人は動員できるだろう」

「はい」

「全員を高円寺駅に向かわせる。君たちも合流してくれ」

「了解しました」

「いいか、二度と勝手な真似はするな。懲罰ものだぞ」

「わかっています」

「リカを逮捕したからといって、すべてが終わるわけじゃないからな。覚悟しておけ」

「はい」

「君たちはリカにメールで呼びかけろ。どうやって来るのか、どこから来るのか、何時頃高円寺に着くのか。それを聞き出すんだ」

「はい」

「現場にはおれも行く。おれの指示に従え」

「わかりました」

長谷川一課長が電話を切った。わたしは孝子に今の話を伝えた。

「もう一回リカにメールを送ってみたらどうかな」孝子が言った。「どうやって来るのか、何時頃になりそうなのか、どこから来るつもりなのか聞いてみたら」

「あんまり聞きすぎると怪しまれそうだけど」

「そこはうまくやって。とにかくあたしたちも高円寺駅へ行こう」

わたしと孝子は同時に立ち上がった。お互いの手にはスマートフォンと携帯が握られていた。

8

『リカ。
もうぼくは高円寺駅に着いたよ。
待ってる。ただ君を待ってる。
何時ぐらいに着くのかな。
早く来てくれないと、さびしくて死にそうだ。
どうやって来るんだい？　どこから来るんだい？
とにかく待ってる。ずっとずっと。
リカを愛してる。たかお』
わたしたちはタクシーに乗っていた。吉祥寺から高円寺駅までは中央線で四つ目だ。
「今、何時？」
「五時三十五分」
孝子が答えた。始発は走っているのかな、とわたしは聞いた。

「走っていると思う。中央線は早いもの」

「高円寺駅を通る電車は中央線だけじゃない。総武線も、東西線も走っている」

「そうね」

「どの路線でリカが来るのかもわからない。だいたい電車で来るのかどうかだってわからない。もしかしたら車で高円寺駅まで来るかもしれない」

リカは何をするか見当がつかない女だ。自分の車で高円寺駅まで乗り付けて、そのまま駅前に車を停め、ホームまで来るかもしれない。

あるいはタクシーで来る可能性もある。いずれにしても、どうやって来ても対処できるようにしておかなければならなかった。

「その辺は長谷川一課長がうまくやってくれると思う」孝子がうなずいた。「一課長は百人の刑事を動員すると言ってた。百人よ。百人いればホームばかりではなく、高円寺の駅そのものを包囲できる」

リカは奥山刑事を殺している。警察は身内への犯罪に対して厳しい。リカは憎むべき凶悪犯だ。逮捕は絶対命令だった。

タクシーは西荻窪を通り、荻窪を抜け、阿佐ケ谷駅付近を走っていた。高円寺まではもうひと駅だ。終わりは近い。わたしはひしひしとそれを感じていた。

「リカから返事は？」

「ない」

時計を見た。五時四十五分。リカはどこにいるのだろう。送ったメールを見ているのだろうか。

「車を運転しているのであれば、返信はできない」

「そうね」

「あるいは、何か別の事情があって返事を打てないでいるのかも」

「わかってる。今は待つしかない」

わたしは言った。お互いの口からため息が漏れた。

タクシーが高円寺駅に着いた。驚くべきことだったが、刑事たちがもう数人来ていた。彼らはいったいどこから、どうやってここまで来たのだろう。

「おい」刑事たちの一人が呼びかけてきた。「コールドケースが何をしている」

「長谷川一課長の命令です」

わたしは答えた。本当のことを話せば長くなる。応援要員として駆り出されたのだということにしておくしかなかった。

「長谷川一課長が直接指揮を執るということだ。何があったんだ？」

「リカがここへ来ます」

「聞いた。なぜだ」

「理由は知りません。とにかく、高円寺駅のホームに来るということしか……」

わたしたちは待った。二十分ほど待っただろうか。その間に駅に集まる刑事たちの数は四十人を超えていた。

そこに覆面パトカーが走り込んできた。降りてきたのは長谷川一課長だった。

「何人いる」

第一声はそれだった。一人の刑事が前に進み出た。

「四十五人です」

「私服は」

「三十七人です。残りの八名は制服警官です」

「制服はまずい。外で待機だ」

制服の警察官たちが、輪の外へ出た。わたしは周りを見た。私服の刑事が大勢いる。

「これからも人数は増えていくはずだ。いいか、リカがこの高円寺駅に現れることが判明した。何時になるのかはわからん。どの電車で来るのか、だいたい電車で来るのかどうかもわからないが、とにかくリカはこの高円寺駅のホームに降り立つ。それを逮捕するのが諸君の仕事だ」

　写真は持っているか、と長谷川一課長が聞いた。持っています、と全員がうなずいた。

「写真などなくても、あの顔は一度見たら忘れませんよ」

　前に出ていた刑事が言った。長谷川一課長が苦笑した。

「そうかもしれんな。いいか、三十人でホームに上がれ。七人は改札付近で張り込みだ。人数を分けろ」

　了解しました、と刑事たちが動き出した。命令系統は明確だった。すぐに七人が選ばれ、改札の方に走っていった。

「残った三十人でホームを張り込む。応援も来る。一車両に一人つくことができるようにするんだ。リカは電車で来る可能性が高い。見逃すな」

「高円寺駅には三本の路線が走っています」刑事が言った。「JR中央線、JR総武線、地下鉄東西線です。二本のホームに上下線合わせて四本の電車が入ってきます」

「わかっている」

「この人数ですべてをカバーするのは無理です」

「だから応援が来ると言っているだろう」

「いつ来るんですか」

「間もなくだ。もう少し待て」

「リカはいつ来るんですか」

「不明だ」

それ以上何を聞いても無駄だと判断したのだろう。刑事が引き下がった。長谷川一課長がわたしたち二人を呼んだ。

「お前たち、自分が何をしたのかわかってるんだろうな」

長谷川一課長がささやいた。わかっています、とわたしたちも声を潜めた。

「本当に……勝手なことばかりしやがる。こんな危ない橋を渡る必要はなかったんだ」

「ですが、あたしたちはリカをおびき出すことに成功しました」孝子が言った。「リカはあたしたちのことを本田たかおだと信じています。信じて、高円寺駅のホームに来ると書いて寄越しました。それは間違いのない事実です」

「もっとうまいやり方があると言っている」

「うまいやり方とは?」

「……もういい。とにかく、リカはやってくる。絶対に逮捕しなければならない」

はい、とわたしたちはうなずいた。その後、どうなんだ、と長谷川一課長が言った。

「リカからメールは来ていないのか」

「来ていません」わたしは首を振った。「最後にメールがあってから、一時間ほどが経ちます。リカは何も言ってきていません」

「どういうことだ。まさか疑っているのでは……」

わかりません、とわたしは言った。判断する材料はない。

「今、何時だ」

六時二十分です、と答えた。高円寺の朝は曇天だった。太陽はさしていない。

「電車はもう走っている」長谷川一課長が言った。「もうリカは来ているのかもしれない」

その可能性はある。リカはできる限り早く高円寺に来ると言っていた。

移動手段は不明だが、わたしたちの想像の範囲を超えたやり方で動いている。それがリカのパターンだった。

刑事たちが続々と駅の中に飛び込んでいく。わたしも早く行きたかったが、長谷川一課長に止められていた。詳しい事情を聞きたいのだろう。だが今はそれどころではなかった。

「人数が必要です」わたしは訴えた。「一人でも多くホームを見張らなければ、リカを見逃してしまう可能性があります」

「わかっている」

これからラッシュの時間帯になる。車内は人で溢れているだろう。

リカはホームに降りてくることが予想された。人波に紛れてしまえば、発見することは難しい。人の目が必要だった。

「わたしたちも張り込みに加わりたいと思います」

坂上、と長谷川一課長が呼んだ。最後に残っていた坂上刑事が、何でしょうか、とわたしたちのところに来た。

「この二人を捜査陣に加わらせろ。一緒に駅のホームに連れていくんだ。持ち場を与えて、張り込ませろ」

「わかりました」

行くぞ、と坂上刑事が言った。わたしたちはその後について、高円寺駅のホームに上がった。

「人数は少し増えたが、まだ五十人といったところだ」坂上刑事が説明した。「全車両を張り込むには人数が足りない」

「はい」

わたしと孝子は同時にうなずいた。こっちへ、と坂上刑事がわたしたちを呼んだ。

「君は中央線の下り電車を張ってくれ」坂上刑事が孝子に言った。「梅本、君は上りホームだ。他の刑事の顔はわかるな」

「わかります」

「同じところを張っていても仕方がない。できるだけ別の車両を張るんだ。いいな」

わたしは孝子と背中合わせになる形でホームに立った。ちょうど中央線下り電車が入ってくるところだった。

孝子がそれをじっと見つめている。電車は既に混んでいた。平日の朝らしい光景だった。いつ来るのだろう。中央線で来るのか。総武線かもしれない。東西線かもしれない。上下いずれも可能性はある。そして電車は数分に一本の割合でやってくる。

リカがホームに降りてくれればいいのだが。リカはホームで待ち合わせると書いて寄越した。常識的に考えて、ホームで待ち合わせるという以上、ホームに降り立たなければならない。

だが、リカは人間離れした感覚を持っている。ホームに刑事たちが大勢立っていれば、それを悟って逃げてしまうかもしれなかった。

いずれにせよ、待ちだ。わたしは左右を見た。刑事たちはそれほど多くない。三両ほど離れたところに、耳にイヤホンをつけた刑事が立っている。いつ応援は来るのだろう。

それから三十分ほど待った。その間に何本もの電車がわたしの前を通り過ぎていったが、確認できる限り、リカは乗っていなかった。

来ないのだろうか。いや来る。必ずリカは来る。本田たかおに会いにやってくる。そうせずにはいられないはずだった。

電車が来る。わたしは緊張して身構えた。振り向く。孝子が立っていた。

孝子もまた緊張しているのだろう。背中がそう物語っていた。

電車が走り込んできた。満員だ。ゆっくりと電車が停まる。車内から人が溢れ出してきた。

ベルが鳴る。その時、わたしは見た。大きな女。背が高い。コートを着ている。トレンチコートのようなタイプだ。長い髪。振り向く。目が合った。

リカだった。

ベルが鳴っている。リカが目を伏せた。わたしは左右を見た。刑事たちは誰も動いていない。気がついていないのか。

リカは電車を降りようとはしなかった。立っている。人がまた車内に戻る。大勢の人だ。

わたしは携帯を握った。ボタンを押す。孝子。

振り向いた。孝子が背中を向けている。ベルが鳴り終わった。もうどうしようもない。

わたしの足が意志と関係なく動き出した。乗客に合わせて車両に入る。乗り込んだところでドアが閉まった。

「もしもし？」

孝子の声がした。わたしは混み合っている車内で携帯を顔に寄せた。

「リカを発見」

「何？」

「リカを発見」わたしは声を押し殺した。「中央線上り電車に乗っている。降りていない。わたしもその電車に乗った」

「何？　聞こえない」

「今、リカと一緒の車両にいる」わたしは呼びかけた。「聞こえる？　リカと一緒にいる」

電車が動き出した。人で満杯になっている。動けない。リカはどこに。どこにいる。

その時、わたしの目の前でいきなり人波が割れた。リカが立っていた。

「見いつけた」

リカが無邪気に笑って、わたしを見た。わたしは携帯を握ったまま、立ち尽くしていた。

9

気がつくと、わたしは部屋にいた。

狭い部屋だった。四畳半ほどだろうか。その上、雑然と物が並んでいた。ゴミ屋敷だ。

首が動かない。目だけで左右を見た。椅子に縛り付けられているようだった。

必死で腕と足を動かそうとしたが、まったく動かない。紐と椅子、そして金属がこすれ合う音だけが聞こえた。

冷静に、とわたしは自分自身に言い聞かせた。とにかく、今どこにいるのか、どうなっているのか、何が起きているのかを把握しなければならない。

今日の早朝、わたしは高円寺駅にいた。わたしと孝子は本田たかおの名を騙《かた》り、リカをおびき出すことに成功していた。その待ち合わせの場所が高円寺駅のホームだったのだ。

わたしたちは長谷川一課長に連絡を取り、他の刑事たちと共にホームでリカを待ち伏せした。何時の電車で来るのかはわからないが、リカは高円寺駅に現れる。それは間違いなかった。
三、四十分は待っただろうか。わたしの前に中央線上り電車が姿を現した。電車は混んでいた。
電車が速度を落とし、ゆっくりとわたしの前で停まった。車内から吐き出されてくる人々。乗り込もうとする人たち。

その混乱の中、わたしはリカの姿を発見した。一瞬だったけれど、見誤ったりはしない。

間違いなくリカだった。

わたしは待った。リカはホームに降りてくるはずだった。そこで捕まえればいい。

だが、リカは車両から降りてこようとはしなかった。独特の直感で、ホームに刑事たちが大勢いることを悟ったのだろう。だから降りなかったのだ。

あの時、わたしに何ができただろう。近くにいる刑事に応援を頼むことはできた。だが、それでは取り逃がす危険があった。あるいは、他の乗客に危害を加えるかもしれなかった。

ここで逃がしてしまえば、またリカは闇に戻る。もう二度とわたしたちの前には現れない。取る行動はひとつしかなかった。わたしが電車に乗り込むのだ。車内に入り、リカを逮捕する。それ以外何も考えられなかった。

満員電車に足を踏み入れた。人でいっぱいだった。左右に目をやりながら、唯一できることをした。孝子に電話を入れたのだ。

リカを発見したこと、電車に乗り込んだことを知らせた。うまく伝わったのだろうか。孝子との会話は成立しないままだった。

その時、人波が二つに割れた。満員で、ぎちぎちに混んでいた車内が、どういうわけか二つに割れたのだ。

目の前にリカが立っていた。黄ばんだブラウス、青のカーディガン、花柄のロングスカート、長い髪。
リカがわたしを見つけてにっこり笑った。凄まじい臭いがした。

リカは何か言った。見いつけた、と言ったような気がする。

次の瞬間、リカがわたしに覆いかぶさってきた。それからのことは何も覚えていない。気がつけば、この部屋にいた。

この狭い汚い部屋で、両手両足を椅子に縛り付けられたまま座っている。口は分厚いガムテープで覆われていた。

ここはリカの隠れ家なのだろうか。おそらくそうなのだろう。あれからどれだけの時間が経ったのかわからないが、リカは意識を失ったわたしをここまで運んできたのだ。

あの時、電車の中でリカが何をしたかについては見当がついた。リカは麻酔薬をわたしに注射したのだろう。意識を失ったのはそのためだ。

リカはわたしの顔を知らないはずだった。だが、リカはわたしのことを知っていた。わたしは、リカのことをわたしたちが捜していると思っていた。しかし、実際には違った。リカがわたしのことを探していたのだ。

何のために。

それはわからない。ただ、リカにとってわたしは必要な人間だった。そうでなければ、わざわざ手間暇をかけてここまで連れてきたりはしないだろう。

リカは何かを知りたがっている。わたしに聞けばその答えが得られると考えている。

リカには独特の感覚があった。第六感とでも言うべきそれは、リカにとって誰が敵で誰がそうでないのかを教えてくれていた。

リカはその感覚に照らし合わせて、「たかお」の名前で送られてきたメールが、本物なのか偽物なのか判断したのだろう。結論として、それは偽物だった。たかおではない、とリカは答えを出した。

だが、リカは何かを感じた。メールを送ってきた人間は何か本田たかおについて知っているのではないか。

リカには知りたいことがあった。それを聞くためには、危険を冒して高円寺駅のホームまでやってきて、メールを送ってきた人間を捕まえるしかなかったのだ。

すべてはリカの思惑通りになった。偶然なのかどうか、リカが乗った車両がわたしの前に停まった。

リカは降りてこない。わたしは乗り込んでいった。そうするしかなかったからだ。

それはリカの思う壺だった。わたしはリカに捕まり、麻酔薬を注射されて意識を失い、そしてこの部屋に連れてこられた。

何のためか。リカが疑問に思っていることを確認するためだ。それ以外にない。

わたしは大きく息を吐いた。手足を動かし、何とか自由になろうとしたが、それはかなわなかった。

椅子は頑丈なものだった。そして重く、背が高い。

手足を動かすたびに、紐のこすれ合う音と金属の触れ合う嫌な音がしたところから考えて、リカはわたしの手足に手錠をかけて拘束しているようだった。

首の部分も椅子の背で固定されている。足元を見たかったが、それはできなかった。

椅子ごと倒れれば手錠を抜くことができるかもしれない。そう考えて、体を横に倒そうとしたが、それも不可能だった。椅子は壁か床に、がっちりと固定されているようだ。

十分ほど動き続けていただろうか。体は自由にならない。わたしの中に暗い予感が走った。

どうにもならないのだろうか。逃げることはできないのか。

（孝子）

助けて、とわたしは口の中でつぶやいた。孝子でなくてもいい。警察官の誰か、助けに来て。わたしをここから解放して。

（助けて！　誰か！）

わたしは叫ぼうとした。ガムテープのせいで声が出せない。

どうにもならないのか。唇を噛んだ。その時、目の前のドアが開いた。リカが立っていた。

リカがドアのところで、わたしを見下ろしている。黄ばんだブラウス、青のカーディガン、花柄のロングスカート。電車で見た時と同じ服装だった。靴下を穿いている。白い靴下だ。靴は履いていなかった。

「気がついたのね」

低い声で言った。リカの声を聞くのはこれが二度目だ。美しかったが、暗い闇を連想させる声だった。

リカが口を開いた瞬間、何かがわたしの鼻腔を刺激した。臭い。饐《す》えたような臭い。

リカの口臭と気づくまで、時間は必要なかった。化け物、とわたしは口の中でつぶやいた。

「痛い？」

リカが言った。わたしは首を振ろうとして、それができないのに気づいた。代わりにまばたきを繰り返す。リカの頬に笑みが浮かんだ。

「大丈夫みたいね」

声を出さないで、とリカが言った。わたしは小さくうなずいた。

それを確認して、リカが手を伸ばす。ガムテープを剝がした。口が自由になった。

「今すぐわたしを解放しなさい」

わたしはささやいた。リカがにっこり笑う。

「できない」

「ここはどこなの？」

「あたしの部屋。あたしとたかおさんの部屋」

目だけで左右を見た。たかおさんの部屋、ということは、ここで十年間リカは本間隆雄と暮らしていたということなのか。いったいどこに隠れ住んでいたのか。

「今、何時？」

どれぐらいの時間、意識を失っていたのか。わたしにはわからなかった。

「さぁ」

リカが首を振った。おそらく本当にわからないのだろう。彼女にとって、時間の概念などどうでもいいことなのだ。

「あなた、刑事ね」

リカがぽつりと言った。わたしはうなずいた。

認めようと認めまいと、リカはわたしが刑事だと知っている。自分にとって敵であることをわかっていた。嘘をついても無駄だ。

「駅には刑事がたくさんいた」リカが言った。「刑事はすぐにわかる。独特の臭いがする」

鼻をひくつかせながらわたしを見た。下り電車に乗っていた、と言った。

「車両からホームが見えた。刑事だらけだった。あなたもいた。そのまま三鷹まで行って、上り電車に乗り換えた。あなたがいた場所に近い車両に移った。あなたに聞きたいことがあった」

「あなたは人を殺した」わたしは小さな声で言った。「何人もの人間を殺した。その中には警察官もいた。あなたは指名手配されている」

「殺した？　誰を？」

リカが真顔で聞いた。何も知らない、という表情だった。

「あなたは奥山という刑事を殺した」わたしは言った。「殺した上で、死体をバラバラに解体した。やったのはあなたよ」

「奥山？　それ誰？」リカが子供っぽい口調になった。「リカ知らないよ、そんな人。殺したって何の話？」

「つい先日のことよ。あなたは高円寺の奥山のマンションに行き、そこで奥山を殺した」

「何の話だかさっぱりわからない」

「聞きなさい。あなたは正気を失っている。逮捕しようとは言わない。でも、専門家の診断を仰ぐべきよ」

「専門家？　お医者さんのこと？　リカやだよそんなの。お医者さん嫌いだもん」

わたしはリカの目をまっすぐ見た。黒目が大きい。何を考えているのかさっぱりわからない目だった。

舌で唇を湿らせた。あれから何時間経っているのか。だが、常識的に考えて、それほど時間は経ってないような気がした。

麻酔薬の効力というものも、それほど長くは続かないだろう。気を失っていたのは、ほんの数十分、長くて二～三時間というのが妥当に思われた。

わたしは最後に孝子に電話をした。混雑した駅の雑踏の中、お互いに何を言っているのかはよくわからなかったが、それでもわたしがリカを見つけたということぐらいは伝わっているだろう。

警察が放置しておくはずがない。駅のホームから忽然《こつぜん》と姿を消したわたしを捜しているだろう。孝子だけではない。他の警察官もだ。

わたしがリカと接触したという報告は、現場を指揮している長谷川一課長にも届いただろう。当然、リカがわたしを拉致し、どこかへ連れていったことが推察されるはずだった。

リカがわたしを拉致したのは、乗客も見ていた。あれだけ大勢の客がいたのだ。見ていないはずがない。

異様な光景だったはずだ。誰かが警察に通報しているだろう。そこからも警察は捜査することができる。リカがわたしを連れてどの駅で降りたかなど、情報は入るはずだった。警察は無能ではない。必ずわたしを捜し当て、同時にリカのことも見つけるだろう。

わたしにできることは何か。それまでの時間を作ることだ。時間を稼がなければならない。だから、わたしはリカに話しかけた。どちらにせよ、手足を縛られている今、他にできることは何もない。

話して、可能な限り説得する。それができなくても時間を稼ぐ。誰かが助けに来てくれるのを待つしかなかった。

「ここはどこ？　東京なの？　それともその近く？」

わたしは聞いた。リカは薄笑いを浮かべるだけで、何も答えなかった。構わない。答えがなくても、質問を続けるだけだ。

「あなたはここでたかおさんと暮らしていたと言ったわね。それはどれぐらいの間？」

「幸せだった」リカがぽつりと言った。「たかおさんは、今あなたが座っている椅子が大のお気に入りだった。いつもそこに座ってた。座って、にこにこ笑いながら、リカの話を聞いてくれていた。優しい人だった」

「あなたにとっては優しい人だったでしょうね」

わたしは話を合わせた。とても、とリカがうなずいた。

「何を言ってても笑ってくれた。どんなことをしても怒らなかった。リカ、怒る人嫌い。リカ、怒られるの嫌い。人はなぜ怒るの？」

「さあ、なぜでしょうね」

わたしは苦い笑いを頰に浮かべた。あなたも怒ってる、とリカが言った。

「刑事はみんな同じ。みんな怒ってる」

「わたしは怒っていない。ただ、言うことを聞いてほしいだけ。お願い、わたしをここから立ち上がらせて。わたしを自由にして」

「あの男も同じだった」リカはわたしのことなど見ていなかった。「あの男も同じだった。怒ってた。リカのことおかしいって。狂ってるって。そんなことない。リカそんなことない。リカは正しい。いつだって正しい」

「あの男って誰？」

わたしは暗い予感を胸に抱きながら聞いた。リカが顔を上げた。

「ケイジって言ってた。会おうって言われた。リカ、すぐ会いたがる人のこと信用できない。そんなのは違う。女なら誰でもいいと思ってる人なんかお断り。やっぱりリカはたかおさんみたいな人がいい。体が目的じゃなく、リカのこと本心から好きになってくれる人。そういう優しい人がいい」

「ケイジと言ったわね。あなたが殺したケイジさんのこと？」

「殺した？　何の話かな。リカ、そんなことしてないよ。やだ、おっかない」

リカが乾いた笑い声を上げた。わたしはその顔を見た。皮膚には生気というものがなかった。

「あなたはたかおの死体を山に捨てた。その後、出会い系サイトに出入りしていたこともわかっている。あなたはそこでケイジと出会った」

「たかおさん、たかおさんはどこ？　知ってるんでしょ」

「質問に答えなさい。あなたはケイジと出会った。そうよね」

わたしは手足を動かしながら聞いた。どうにかしてこのいましめを振りほどけないものか。手が自由になれば。

「ケイジ……しつこかった。リカのことよく知っていた。リカが好きになりそうな男になりすますのがうまかった。でも騙されない。リカは騙されない。あんな男に引っ掛かってたまるもんか」

「いいえ、あなたは引っ掛かったのよ。ケイジという男のメールに心を躍らせた。あなたは本田たかおが死んだことを知っていた。理解していた。この部屋には誰もいなくなった。あなたは寂しかった。その寂しさを紛らわすために出会い系サイトに入っていった。そこで新しい男を探した。次のたかおをね。そしてケイジという男と出会った。だけど、彼はあなたが思っていた人間とは違っていた」

「……ケイジは口がうまかった。勝手にリカのところにメールを送り付けてきて、リカのことを好きだって言った。最初は信じなかった。だけど、何度もメールを寄越すから、だんだんと信用してしまった。ケイジは口がうまかった」

わたしは左右に目をやった。誰か早く助けに来て。いつまでもこんな会話が続くはずがない。

「あなたはケイジとメールの交換をした」わたしは声を励ました。「最初はパソコンで、一日十数回メールを送ったり受け取ったりした。それがどれぐらい続いたのかはわからないけど、あなたはある段階で自分の携帯電話のアドレスをケイジに教えた。それからはやり取りがもっと頻繁になった。一日数十本のメールを打ち合うようになった」

「携帯のメールアドレスを教えてきたのはケイジの方」リカが言った。「ケイジは最初からリカに携帯メールのアドレスを教えてきた。リカもずっとパソコンの前に座っているわけにはいかないだろうからって。ケイジは優しかった。最初からずっと優しかった」

「アドレスを教えたのはケイジの方からなのね」

「そう」

「あなたはそのアドレスを自分の携帯電話に登録した。そしてある時点から、携帯でメールのやり取りをするようになった。パソコンで一日十数回メールを送っていたあなただもの、携帯メールになったらその本数も増えたわよね。一日どれぐらい送ってたの？」

「わかんない。百回ぐらいかな」

百回。驚くべき数字だった。奥山刑事の方もよくつきあえたものだ。

「どんなことを話したの？」

「別に。朝起きたよとか、歯を磨いたとか、そんなこと。何かしたら、そのたびにメールを送った。ケイジからも返事があった」

簡単に言うが、一日百本ということは、一時間に約四本のメールのやり取りがあった計算になる。睡眠時間やその他の時間を考え合わせると、一時間当たり十本のメールを受けたり送ったりしていたことになるだろう。

驚くべきは奥山刑事の粘り強さだった。彼はリカとのメール交換が始まってから、ほとんど寝ていなかったのではないか。

しかも奥山刑事には仕事があった。日常の業務をこなしながら、リカのメールの相手をしなければならない。

対応をひとつ誤ればリカは二度とメールをしてこなくなるだろう。返事には細心の注意が必要だったはずだ。

だが、奥山刑事は痛々しいほど律義に、リカへの返事を打ち続けた。孤独な作業だっただろう。彼は孝子にすら自分が何をしているのか言わなかった。

その裏には、事件を一人で解決してみせるという功名心があったことも否定できないが、それにしても彼はすべてを一人で背負っていた。信じ難い精神力だった。

「あなたたちは親しくなった。メールの交換というただそれだけのことで、心を熱くときめかせた。あなたたちはメールだけでは足りなくて、最終的には電話番号を交換し、かけ合うようになった」

「リカは電話番号教えない。そんな軽い女じゃない」

リカが叫んだ。確かにその通りだった。リカは自分の電話番号を奥山に教えていない。教えたのは奥山の方だ。リカからは非通知で電話がかかってきていた。

「ケイジと話して、どう思った？」

「ケイジはリカの話を聞いてくれた。自分の方からはほとんど何も話さなかった。ただリカの話を聞いていただけ。それで嬉しいって。リカの話を聞いてると楽しくなるって」

「本田たかおは話せなかったから、会話ができて嬉しかったでしょう」

わたしは一歩踏み込んだ発言をした。本間隆雄には舌がなかった。会話をすることはできない。せいぜい意思表示をするぐらいが関の山だっただろう。

十年、リカは本間隆雄とここで暮らしていた。他には誰もいない。二人だけの生活だ。だが会話はなかった。

一方的にリカが本間に話しかけるだけの日々。リカは返事に飢えていたはずだ。ケイジという顔も知らない男との会話が楽しかったというのは事実だろう。

「たかおさんは……無口な人だったから」

無口なのではない。話せなかったのだ。リカが本間隆雄の舌を切り取ったからだ。

何のためにそんなことをしたのか。答えは簡単だ。リカは、自分にとって都合の悪い言葉を聞きたくなかったのだ。

本間隆雄は両腕と両足を切除され、この椅子に縛り付けられていた。目もえぐり取られていた。

だが脳は生きていた。自分がどういう状況であるのかを、リカに問いただしたかっただろう。

おそらくは急速に意識は失われていったと思われるが、それでもここに監禁された当初は、リカに対して身ぶりで怒りをぶつけることも可能だったはずだ。

そして、今のわたしと同じように、ここから解放して家に帰せと訴えたかったに違いない。リカのことなど愛していない。憎んですらいる。そういう生の感情をぶつけたかったはずだ。

でも、本間には舌がなかった。話すことができなかった。

リカにとって本田たかおは理想の恋人だった。自分も好きで、相手も好きでいてくれる。そんな夢をかなえてくれる恋人だった。リカにとってはそれが真実だった。

だから、本田たかおの本心など知りたくなかった。リカは本田に、自分が願う通りの本田でいてほしかった。自分のことを愛してくれている本田でいてくれればそれでよかった。

リカは自分自身にとって都合のいい現実しか認めない。現実がそれに反するようであれば、どんなことをしてでも自分に合わせようとする。だからリカにとって本田の舌を切り取ることなど、何でもなかった。

だが、物事には代償がある。結果として、リカがいくら話しかけても本田からの返事はないことになった。

リカはいろんなことを話しただろう。今日、何があったか。自分はどこへ行ったか。買い物をしたりとか、そういう日常の出来事。ニュースでこんなことやっていたけど、自分ではどう思うか。リカはとにかく語り続けたに違いない。

本田が微笑みながらリカの話に耳を傾けていたというのは、思い込みから来る勝手な解釈だ。早い段階で本田は壊れていただろう。人間としての意識はどこかに飛んでいっていたに違いない。

それでも、リカは話しかけないではいられなかった。ここはリカと本田たかおの愛の巣なのだ。そういう場にはそれにふさわしい会話が必要になってくる。

リカは沈黙することができなかった。ずっと話しかけ続けた。それで満足していた。

だが、本心から満足していたかと言えば、それも違うだろう。リカはお喋りを楽しみたかった。よくいる恋人たちのように、他愛もないことを言って笑い合いたかった。

リカは会話に飢えていた。話しかければ返事があるという状況に憧れていたはずだ。

そんなところにケイジという男が現れた。頼みもしないのに、勝手に電話番号を教えてくれた。長いメールのやり取りの末、リカはその番号に電話をかけてみた。

すると、ちゃんと相手は出た。自分のことをリカと認識し、その上で話すことを求められた。

リカは話しただろう。今までのこと、自分のこと、自分を取り巻く状況のこと。

本間隆雄に送ったメールや、奥山に送ったメールなどを見ていても、リカという女が饒舌《じょうぜつ》であることはわかっていた。

特に、自分自身について話す時、リカはお喋りになる。自分のことを理解してもらいたいという気持ちが異常に強いのだ。

リカは自分自身のことを話す時、異様に情熱的になった。人の話など聞いてもいないが、自分の話についてはいつまでも同じ話を繰り返す。

奥山はリカの話をよく聞いただろう。リカを信用させ、おびき出さなければならなかったからだ。

「電話は楽しかった？」

わたしは聞いた。

「楽しかった」リカが認めた。「リカ、お喋りは大好き。話すの大好き」

「それからどうしたの？」

ああ、誰か早く助けに来て。リカへの質問は尽きかけている。もう話すことはない。話がなくなった時、リカが何をするのか、わたしにはわからなかった。

「会うことになった。リカは電話だけでよかったのだけど、ケイジが会いたいって。どうしても会いたいって」

「それで会ったのね。どこで会ったの」

「覚えてない。車で迎えに来てくれた」

「二人でドライブしたの？」

「あの男にそんなつもりはなかった」リカの目から光が失われていた。「ケイジはそんなこと考えてもいなかった。リカのこと警察に連れていこうとした。刑事だった。怒っていた。リカのこと怒っていた。とてもとてもとても。リカのこと人殺しだって責めた。リカそんなことしてない。誰も殺したりなんかしてない。リカはたかおさんと幸せに暮らしていた。誰にも邪魔はさせない。リカはたかおさんに会いたい。リカはたかおさんのもの。たかおさんだけのもの。ケイジと会ったのは間違いだった。きっとたかおさんに黙って会ったから、罰が当たったんだ。リカは悪い子。リカはいけない子。もう二度とあんなことはしない。もう二度と」

つぶやきが延々と唇から漏れた。自分でも何を言っているのかわからないのだろう。リカの目は虚ろだった。

「あなたはケイジを刑事だと見破った。それから何をした？　思い出して。あなたはケイジに麻酔薬を打って意識を失わせた。それからケイジの車を運転して、高円寺の自宅まで行った。そこで何をしたか」

リカが髪の毛を掻き毟《むし》った。髪の束が足元に落ちる。

「何の話？　リカ、何も覚えていない」

笑った。歯が剝き出しになる。口臭。わたしは顔をしかめた。

「ケイジのこと。ケイジをあなたは殺した。そしてバラバラに切り刻んだ。あなたがしたのよ」

またリカが笑った。無邪気な、と言っていいような笑顔だった。

「ケイジって誰？　どこにいるの、その人」

「今、話したでしょう。あなたが出会い系サイトで出会った男のこと」

「何の話？　出会い系サイトって何？　リカ、そんなとこ行ったことない」

正気ではない。ついさっきまでリカは奥山刑事と出会い系サイトで出会ったことを認めていた。パソコンメールでのやり取り、携帯でメールを送ったこと、電話で話したことも覚えていた。だが、今は何も覚えていないという。

両方とも本気なのだ、とわかった。さっきまでの、奥山とのやり取りを全部記憶していたのも、今すべてを否定したのも、どちらも本気なのだ。

リカには正気と狂気の境というものがない。自由にそれぞれを移動することができる。自分にとって都合の悪いことは、事実でも認めない。

自分にとって都合のいいように現実をねじ曲げる。そして嘘で固められた歪んだ真実だけについて語る。

「もういいの？　もうそっちの話は終わった？」リカが言った。「だったらリカの話を聞いて。知りたいことがあるの」

「まだよ。まだ済んでない」わたしは必死で言った。「ケイジの話を聞かせて。あなたはケイジとどんなことを話したの？　何について語った？　教えて、お願い」

突然、頬に痛みが走った。リカが平手で張ったのだ。鼻血が出た。

「もういい。リカ、知りたいことがある。たかおさんのこと」

リカがわたしを見る。しばらくの沈黙。リカの顔がわたしの目の前に近づいてきた。臭気。わたしは目をつぶった。

唇をつかまれて、目を開いた。リカがわたしの顔を自分の方に向けた。

「あなた、刑事よね」

リカの手は力強かった。わたしはうなずいた。リカがわたしの顔から手を放した。

「刑事なら知ってるでしょ。たかおさんはどこ？　話して」

「本田たかおの死体は、別れた妻が引き取った。少し前、火葬されて今は小平霊園に埋葬されている」

「死体？」

「本田たかおは死んだ。あなたもよくわかっているはずよ。本田は死んだ。あなたがその死体を山に捨てた」

「たかおさんが死んだなんて嘘」リカが首を振った。「そんなことは嘘。あんたは嘘を言っている」

「嘘じゃない。本田たかおは食べ物を喉に詰まらせて窒息死した。おそらくはこの部屋で。あなたはそれを知っている。だから本田を、本田の遺体を山に捨てに行った」

またリカがわたしの顔を張った。乾いた音がした。嘘、とリカが怒鳴った。

「たかおさんが死ぬなんて、そんなことあり得ない」

「本当よ。本当に本田たかおは死んだの」

「あたしたちは幸せだった。幸せに暮らしていた。ずっとこの幸せが続くよってたかおさんは言ってた。微笑んでくれた。たかおさんは嘘をつかない。あたしたちは幸せだった」

「そうかもしれない。だけど本田たかおは死んだ。それは事実」

わたしは唾を吐いた。血が混じっていた。鉄の味がした。

「そんなの嘘。たかおさんは死なない。死んだりしない。ずっとリカと一緒にいてくれる。そう約束した」

「本田たかおは死んだ。あなたがその遺体を捨てた。覚えていないはずがない」

リカが黙った。必死で髪の毛を掻き毟る。凄まじい音が響いた。

「あなたは本田たかおの遺体を捨てた。スーツケースに遺体を詰めて、山の中に捨てた。運んでいったのは車ね。どこでどうやって車を調達したの」

　わかった、とリカが叫んだ。わたしの方を見つめる。

「警察がたかおさんを連れていったのね」

　そんなことはしていない、と言おうとした。だがリカはわたしの話など聞いていなかった。

「そうよ、警察がたかおさんを連れていった。どこかに隠した」リカが唾を飛ばしながら喋り続けた。「きっと前の奥さんに頼まれたのね。前の奥さん、たかおさんのこと忘れられなかったってたかおさん言ってた。そりゃたかおさんもいけないところあると思う。前の奥さんとのことをはっきりさせないままリカのところに来ちゃったんだもん。問題あるよね。娘さんのこともあるし、そこは話し合っておかなければならなかったはず。だけど、仕方ないじゃない。たかおさんはリカのこと好きになっちゃったんだから。好きな人と一緒にいたいと思うのは、人間の自然な感情でしょ。だからたかおさんはリカのところに来た。リカを選んだ。それなのに、前の奥さんはたかおさんのこと忘れられないからって警察に頼んで、無理やりたかおさんのことリカから奪い返そうとした。警察も警察よ、そりゃあ前の奥さんにも権利があるかもしれないけど、たかおさんが本当に愛していたのはリカ。リカのことを愛していた。そんな二人を引き離そうとしても無理。力ずくでたかおさんを取り戻そうっていってても無駄。どうしてわかんないのかな」

　リカは息もつかずに喋り続けた。勝手に作り上げた話を、事実であるかのように語った。目が異様に輝いていた。

「警察はそんなことしていない。だいたい、警察は本田たかおの前妻からそんなことを頼まれていない。頼まれたってやらない。できないの」

「いいの、リカにはわかってる」リカが微笑んだ。「そりゃ表向きにはできないって言うしかないだろうけど、今回は特別。警察がたかおさんを連れてった。どこかに隠してる。どこ？　刑事なら知ってるでしょ。たかおさんはどこにいるの？　言いなさい」

「本田たかおは、今、墓地にいる」わたしは答えた。「埋葬された。嘘じゃない」

「墓地？　どういうこと？」

「死んだのよ。だから墓地にいる」

「嘘は聞きたくない」リカが耳を塞いだ。「リカは本当のことが知りたい。たかおさんはどこにいるの。教えて」

「本田たかおは火葬されて墓地に入った。骨になってね。本田が死んでいることはあなたが一番よく知ってるはず」

「本当のことを言って」リカが喚いた。「言わせてみせる」

リカが飛び下がった。部屋のドアの下にあった不透明のビニール布を手で払いのける。出てきたのは錆び付いた手術道具一式だった。リカがメスを取り上げた。

「刑事だって言ったわね。その割にはきれいな顔をしている。傷つけたくない」

「止めなさい」わたしは叫んだ。「今すぐ、そのメスを捨てなさい」

「そっちがいけないんだよ」メスを手にしたリカが一歩近づいた。「本当のことを言わないから、こんなことになるんだ」

「わたしは本当のことを言っている」わたしはリカの手元から目を離せずにいた。「本当に本田たかおは死んだ。死体が発見された。見つかった時には既に死んでいた。死体を捨てたのは、他でもない、あなたよ」

「それ以上嘘を言ったら」リカがわたしの顔にメスを当てた。「どうなるかわからない」

わたしは口を閉じた。リカの顔が近寄ってきた。

「お願い、本当のことを言って。リカだってこんなことしたくない。リカは傷つきやすいの。嘘を言われることに耐えられない。本当のことを言って。たかおさんはどこにいるの？　警察は何を知ってるの？　どこに隠したの？」

「警察は何も知らない。あなたが本田たかおの遺体を捨てたことはわかっている。その遺体を回収した。解剖に回し、死因を特定した。その後、遺体は別れた妻が引き取った。妻は本田を墓に入れた。あたしが知ってるのはそれだけ」

「本当のことを言いなさい」リカがわたしの顔をのぞき込んだ。「たかおさんは生きている。リカのことを待ってる。でも、リカが迎えに行かないと、たかおさんはどこへも行けない。リカは迎えに行かなくちゃならない。たかおさんは警察が隠してる。言いなさい。たかおさんは今どこに？」

「だから言ってるじゃない。墓地だって」

「本当のことを言わないと、目玉にこのメスを刺す」

わたしは目をつぶろうとした。だが、それはできなかった。大きく目を見開いたまま、メスの動きだけを見ていた。

誰か助けて。この女は本気だ。本気で言った通りにする。最悪の事態が訪れる前に、誰か助けて。

わたしの脳裏に奥山刑事の無残な姿が浮かんだ。死ぬのは嫌だ。あんなふうに死にたくない。誰か、誰でもいい、誰か助けて。

メスが近づいてきた。右だ。右目を狙っている。メスがぼやける。焦点が合わない。目がかすむ。お願い、やめて。誰か。この女を止めて。

メスを持つ手が震えていた。やめて。助けて。

「本当のことを言って」リカの声が聞こえた。「言わないと取り返しのつかないことになる」

「わかっているならすぐに止めて」わたしは叫んだ。「お願いだから止めて。あたしは全部話した。知ってることはすべて話した。これ以上何を言われても、もう話すことはない」

「刑事なら知ってるはず」リカの虚ろな声が響いた。「たかおさんはどこにいる?」

「だから、墓地にいると――」

わたしの右目にメスが触れた。顔を引く。メスが執拗にわたしを追ってくる。

目をつぶった。まぶたにメスが触れている。次の瞬間、何の警告もなしに、メスが刺さった。

熱い。熱した鉄の棒のようだ。鉄の棒がわたしの目を切り裂いている。ゆっくりと、だが確実に、わたしの目が力を失っていった。

頬を何かぬらぬらしたものが伝った。血なのだろう、とわかるまで数秒かかった。

無理やり目を開けた。視界は真っ赤だった。その時初めて痛みを感じた。痛い。わたしは叫んでいた。

「助けて!」

メスが動いている。わたしの右目を何度も突き刺してはえぐっていく。熱い。痛い。何てことを。誰か。神様、助けて。

メスが引かれた。わたしの右目はもう視力を失っていた。何が起きているのか。わたしは何度もまばたきをした。視力は戻ってこない。右目は何も見ていなかった。どういうこと。

その時、わたしの左目が何かを視界に入れた。リカの手元。メス。その先に丸い塊があった。

白と赤のグラデーション。ぬるぬるの肉塊。見たくない。見れば、何かを認めてしまうことになる。

だがわたしは見つめた。メスの先についていたのは眼球だった。わたしの右目。信じられない。そんなことが。

わたしの喉から何かがこみあげてきた。口に溢れる。嘔吐。黄色い胃液が口から飛び散った。

「言って。たかおさんはどこにいるの」

リカがメスをわたしにつきつけた。先にはまだ眼球がぶら下がっている。

わたしはパニックに陥っていた。必死で暴れたが、椅子に縛りつけられていた。動けない。抵抗できない。

「早く言って。リカだってこんなことしたくない」

「もう答えた。本田たかおは死んだ。死んだのよ」

「嘘。そんなはずない。たかおさんは死なない。生きている」

「本当よ。本当に死んだの。誰か助けて。本田たかおは死んだ」

リカがわたしの口の中に左手を突っ込んだ。指先で舌を探る。まともではない力だ。強引にわたしの舌を指先でつかんで、外に引っ張り出す。助けて、とわたしは言ったが、リカは聞いていなかった。

「余計なことばかり言うのは誰？　うるさいうるさいうるさい。切り落としてやる」

リカが右手に持っていたメスをわたしの舌の根元に当てた。顔に返り血がついていた。

リカは笑っていた。純粋な喜びに輝く笑み。欲しかったおもちゃを与えられた時の子供のような笑み。リカが指に力を入れて、舌なめずりをした。

「最後に聞く。たかおさんはどこ？　答えて」

わたしの口から涎が溢れた。何と言えばいいのだろう。何を答えても無駄だ。リカはわたしを殺す。

わたしは悟っていた。リカはわたしを殺す。もう誰にも止められない。

「知らねえよ、そんなこと」わたしは吐き捨てた。「お前のたかおさんは死んだ。本当だ。死んだんだよ」

「嘘だ」

わたしはリカに唾を吐きかけた。唾がリカの顔面を汚す。拭おうともせず、リカがわたしに手を伸ばした。

「殺してやる」

「好きにしろ」

いきなりドアが開いた。孝子が立っていた。リカが振り向く。孝子は既に拳銃を構えていた。

「尚美」

孝子が叫んだ。一瞬わたしを見る。すべてを悟ったようだった。

リカの口から咆哮《ほうこう》が漏れた。追い詰められた野獣のような叫び。そのまま孝子の方に突っ込んでいく。

だが孝子の方が早かった。轟音。撃ったのだ。

リカの体が吹き飛んだ。壁にぶち当たる。起き上がった。当たったのか。当たっただろう。外すわけがない。この近距離だ。外しようがない。

リカが立ち上がる。胸元は血で真っ赤だ。どこに当たったのか。リカが飛びかかっていく。

だが孝子は冷静だった。もう一度構えて撃つ。リカが後ろに吹き飛んだ。

「孝子、気をつけて」

わたしは叫んだ。わかってる、と孝子がうなずいた。一歩近づく。リカは倒れたままだった。

そのままの姿勢のリカにもう一発撃った。動かない。そう思った瞬間、リカが跳ね起きた。右手を振る。わたしは孝子を見た。右肩の辺りにメスが突き刺さっていた。

「知るかよ」

孝子がメスを引き抜いて、そのまま床に捨てる。リカが立ち上がった。上半身は血で真っ赤に染まっていた。

無言で襲いかかる。その動きは俊敏だったが、孝子の方が素早かった。リカの顔面に銃を押し当て、そのまま引き金を引いた。音。

リカの左目に穴が開いた。崩れるように座り込む。

その上に乗った孝子が、リカの顔に銃口を当て、続けざまに二発撃った。大きな音。リカは動かない。

孝子は冷静だった。銃身に、新しい弾丸を装塡する。六発。手は震えていなかった。

六発の弾を込め、そのままリカの顔面に銃口を当てる。続けて六度引き金を引いた。凄まじい音がした。

孝子が一歩下がった。リカは動かない。顔中を血で汚して倒れている。孝子がリカの首筋に触れた。

「死んだ」

つぶやきが漏れた。

「孝子」

孝子の手から拳銃が落ちた。わたしを見る。その目は虚ろだった。孝子、ともう一度わたしは呼んだ。

「尚美」

孝子がわたしに手を伸ばした。指先が震えている。ごめんね、とつぶやいた。

「ここはどこなの」

わたしは聞いた。孝子がどこからかナイフを取り出して、縛っていた紐を切っていく。

「新大久保よ」

「新大久保？」

「リカは新大久保にアジトを持っていた」孝子が手錠を外した。「おそらくは十年、ここで暮らしていた。本間隆雄と一緒に」

「こんな近くに」

「もっと郊外だと思っていた」孝子がうなずいた。「リカはそこにひっそりと隠れ住んでいるのだろうと。だけど違った。リカは新宿区にいた。都会にいたの」

「すぐに長谷川一課長が部下を引き連れてやってくる」立てる？　と孝子が聞いた。わたしは立ち上がった。

　孝子が言った。

「どれだけ怒られることか」

　わたしはつぶやいた。

「そんなこと言ってる場合じゃない。その前に尚美を病院に連れていかなくちゃ」

　病院。わたしの右目を激しい痛みが襲った。右目を指で探ると、そこにはぽっかりと大きな穴が開いていた。

「どういうことなの。何があったの」

「リカは尚美をさらっていった。高円寺の駅からね。あたしたちは最初それに気づかなかった。尚美はあたしに電話をかけたけど、何を言ってるのかはわからなかった。とにかく尚美が担当していた場所を離れて、電車に乗り込んだことだけはわかった。リカを見つけたのだろうとあたしは思った。降りてくるはずだったリカは、何かの手違いで電車から降りてこなかった。代わりに尚美がリカを追って電車に乗ったのだというところまでは想像がついた」

乗っていた乗客から警察に通報もあった、と孝子は説明を加えた。「後は時間との戦いだった。新大久保でリカが尚美と一緒に降りたことは乗客からの通報でわかっていた。駅からどっちへ向かったのか。その時、GPSのことを思い出した。あたしはGPSで尚美の現在位置を捕捉しながら追いかけた」

「どうしてもっと早くわたしを見つけてくれなかったの」

「リカは新大久保の駅からタクシーに乗っていた。その後、この近くまで来てタクシーを降りたところで、何かに気づいたのか、尚美の携帯を捨てた。GPSが指し示していた場所はこの付近で、それ以上詳しいことはわからなかった。すぐに応援がやってきて、この辺りをしらみ潰しに調べることになった。住宅、店舗、マンション、アパート、すべてよ。ただ、時間はどうしてもかかった」

「リカは……死んだのね」

「ホラー映画のモンスターじゃない。リカは現実に生きてる人間よ。全部で十二発、あたしは弾を撃ち込んだ。頭部には六発。それで死ななかったらもうお手上げ。他にどうすることもできない」

行こう、と孝子がわたしの腕を自分の肩に回した。寄りかかりながら、わたしはドアに向かって歩いた。

目眩がする。出血のせいだ。今頃になって震えが来た。全身に悪寒が走る。

わたしは死ぬところだった。リカに殺されるはずだった。右目ひとつで済んだのは、もしかしたら運がよかったのかもしれない。

サイレンの音が聞こえてきた。一台や二台ではない。何台ものパトカーが来ている。わたしは孝子と共に部屋を出た。

「リカは死んだ」わたしはつぶやいた。「すべてが終わった」

「そうね」

「奥山さんは満足してるかな」

「だと思う」孝子が言った。「そう思わなきゃ、やってられない」

一人の刑事が飛び込んできた。わたしの姿を見て息を呑む。大丈夫、と孝子が首を振った。

「その奥の部屋です」

刑事が無線を取り出した。放っておいてわたしたちは先に進んだ。

「ありがとう」

わたしは言った。遅くなってごめん、と孝子が頭を下げた。

「いいの。最終的に間に合ったんだから。だけど、わたしのために孝子はリカを撃った。問題はないのかな」

「大ありでしょうよ」孝子が小さく笑った。「警告なしに十二発撃った。あたしには殺意があった。警視庁始まって以来の不祥事だと思う」

「それでもいいの？」

「あたしは恋人を失った」孝子がため息をついた。「その上に親友まで亡くしたんじゃ、老後寂しくて仕方がない。撃ったのは間違ってない。もう一度同じことがあったとしても、あたしはリカを殺す」

病院に行こう、と孝子が言った。わたしはうなずいた。

長谷川一課長の姿が見えた。わたしを見て、駆け寄ってくる。大丈夫なのか、と聞いている。

それを見ながら、意識が遠のいていくのを感じた。とにかく疲れた。今は休みたい。

リカは死んだ。孝子がリカを撃ち殺した。これで事件は終わった。十年の長きにわたって捜査が続いていたリカ事件は終わったのだ。

尚美、という孝子の声が聞こえた。わたしは動けなかった。パトカーのサイレンの音が高くなった。

エピローグ　微笑

一ヶ月が過ぎたある土曜日の午後、わたしは府中の病院にいた。

節電ということなのか、病院の廊下はいつもより暗く見えた。すれ違う者はなかった。長い廊下を歩き、目指す病室に着いた。

軽くノックをしてからドアを開けると、白衣を着た男が立っていた。いつものように酒井だった。

「どうも」

酒井が小さく頭を下げた。わたしの顔を見ても、不思議そうな表情を浮かべるだけで、何も言わなかった。わたしは右目に眼帯をしていたのだが、理由を聞くことはなかった。

「少し、間が空きましたね」

酒井が言った。病院へ来るのは二ヶ月振りだった。基本的に月に一度、わたしは病院を訪問していた。よほどのことがない限り、そのサイクルは狂わない。

酒井はそれを知っていた。ちょっと忙しくて、とわたしは答えた。そうですか、と酒井がうなずいた。

酒井が一歩脇へ退いた。ベッドが見えた。男が座っている。虚ろな表情で宙を見つめていた。唇の端から涎がひと筋流れて落ちた。

「菅原さん」

わたしは呼びかけた。答えはない。わたしを見ることもない。ただ前を見つめているだけだ。

「何か変わりは」

わたしは酒井の方を向いた。酒井が肩をすくめた。

「相変わらずです。意識はあるが反応はない。植物人間というのとはまた違いますが、要するに心が壊れているということです」

肉体的な問題があるわけではない。運動機能は正常だと聞いていた。

短い時間だが、看護師に付き添われて庭を散歩することもあるという。食事も摂る。排泄もする。睡眠もある。

ただ、呼びかけても返事をすることはない。ベッドの上に座って、じっと何かを見つめている。それだけだった。

「お話ししている通り、菅原さんが正気に戻ることはないでしょう」酒井が言った。「菅原さんのような患者は、そう珍しいわけではありません。他の例を見ても、このまま一生を終えることになるのでしょう」

わたしは菅原刑事を見た。約十年この病院に通い、ずっと見続けてきたが、不思議なことに十年前とそれほど変わったようには見えなかった。

彼は今年五十八歳になるはずだが、老化の兆候は見られなかった。時間という概念から解放されているからかもしれなかったが、本当のところはよくわからなかった。

菅原さん、と声をかけた。返事はなかったが、そのまま話を続けた。

「リカが死にました」

わたしは報告した。彼は動かなかった。言葉を発することもない。ただ静かに座っていた。

「わたしたちはリカを見つけ、殺しました。そうするしかなかったんです。リカは死に、すべてが終わりました」

リカ事件は終わったんです、とわたしは言った。彼は宙を見つめているだけだった。呼吸音さえも変わらない。何も起きなかった。

それは予想通りだった。彼は何も反応しない。わかっていたことだ。

わたしとしては、ただ事実を伝えたかった。それが義務だと考えていた。伝えると、肩の力が抜けた。十年という時の長さを感じていた。

すいません、とわたしは頭を下げた。いえ、と酒井が首を振った。深い事情を聞くべきではないと判断したようだった。

他に何か問題はありますか、とわたしは聞いた。酒井がもう一度首を振った。

「先日、健康診断がありました。彼に問題はありません。完全な健康体です」酒井の頬に苦笑が浮かんだ。「病院食を食べてますからね。栄養的にもカロリー的にも理想の食事です。病気の心配はないでしょう」

苦笑が濃くなった。いっそ重い病気にでもなった方が、本人のためには幸せなのではないかと考えているのがわかった。

医者としては問題のある考えだったが、言いたいことは理解できた。彼を待っているのは、死が訪れるまでの長い時間だ。

それまではただ肉体として生きているだけで、何があるわけでもない。意味はないのだ。

彼の妻は五年前に病死していた。子供はいなかった。両親はずいぶん前に亡くなっている。親戚も少なく、東京に住んでいる者はいなかった。

友人が病室を訪れることもない。警察時代の同僚や先輩後輩がいるはずだったが、彼らもここへは来なかった。わたしの知る限り、定期的に来るのはわたしだけだった。

「二週間前、従兄弟の男性が来ましてね」思い出した、と酒井が手を叩いた。「前にも一度来ています。奥様が亡くなられてからは、菅原さんの一番近い血縁者として届けが出ていました」

「何かあったんですか」

「転院を考えているということでした」酒井が淡々と言った。「従兄弟の方は群馬に住んでいるということでしたが、近くの病院に移したいと」

わたしは酒井をまっすぐ見た。ばつの悪そうな表情を浮かべた酒井が、あのですね、と言い訳を始めた。

「ここはケアは万全で、入院患者にとってはいい病院です。それは梅本さんもおわかりでしょう。ただ、金はかかります。菅原さんがここに入っているのは、警察からの紹介があったからですが、入院費は本人負担です。幸い、菅原さんには蓄えがあった。それを入院費に充てていましたが、そろそろ先のことを考えなければならなくなってきていました」

「お金を支払えなくなったら、追い出すんですか」

そんなことはしませんが、と酒井が頭を掻いた。

「従兄弟の方がおっしゃるには、今後自分が菅原さんの面倒を見なければならなくなることはわかっている。それは仕方がないが、高額な医療費を負担することはできない。入院費の安い病院に移したい、ということでした」

わたしは彼を見つめた。視線が合うことはない。洟《はな》をすする音がした。

酒井に目を向けた。ある考えが浮かんだ。なぜ今まで思いつかなかったのだろう。

「わたしが菅原さんを引き取ります」

構いませんね、と言った。それは、と酒井が戸惑ったような声を上げた。

「あなたは菅原さんと血縁関係があるわけではない。そんなことが可能かどうか……」

「血縁者の方とはわたしが話します」わたしは言った。「了解が取れれば問題はないでしょう。病院としても納得してもらえますね」

「都の福祉担当の人間とも話さなければならないでしょう。患者をまったくの他人が引き取るというのは、あまり聞いたことがありません。許可が下りるかどうかは……」

「必要な手続きはわたしがやります。病院もこれ以上治療はできないと認めている患者です。親戚の方も、率直に言って迷惑に思っている。わたしが引き取れば問題はなくなります」

それはそうですが、と酒井が首を傾げた。

「ちょっと……事務の人間と話します。待っていてもらえますか」

酒井が病室を出ていった。わたしはベッドの上の彼を見つめた。体の奥から笑いが広がっていくのを感じた。

彼が意識を取り戻すことはないだろう。無反応のまま生きていくだけだ。

わたしがすべて世話をする。食事を与え、排泄の面倒を見る。入浴もさせよう。彼を完全な形で自分の物にするのだ。

一緒に暮らす。たくさん話しかけよう。何を話しても、彼はじっと聞いてくれる。それで十分だ。

愛していると伝えよう。彼は受け入れてくれる。わたしたちは愛し合える。愛とは、そういうことを言うのだ。

わたしはベッドに近づき、彼の手に触れた。温かかった。頬ずりをした。動かない。彼は黙ったまま座っている。

帰りましょう、と言った。わたしたちの家に帰ろう。

彼が微笑んでいると思ったのは、わたしの思い込みだっただろうか。いや、違う。彼にはわかったのだ。これから幸せな日々が待っていることを感じている。間違いなかった。

「ただしさん」

わたしは下の名前で呼びかけた。愛し合う者同士なら、そう呼ぶだろう。ただしさん、と繰り返した。

「愛してるわ」

扉の向こうで足音が聞こえた。ただしを胸に抱きよせ、扉が開くのを待った。これ以上ない幸福をわたしは感じていた。

解　説――より強く、深く、静かな恐怖を

雨宮まみ

目標を具体的にはっきりと持ってそれに向かって行動せよ。成功するための本、いわゆる自己啓発本の類には、最初のほうに必ず書いてある言葉だが、はっきりと具体的な目標を持って、それに向かってまっすぐ突き進むストーカーは無敵だ、というのが、今作『リターン』の前作『リカ』を最初に読んだときの私の感想である。

ストーカーを扱う作品は、いかにその恐怖を鮮やかに描き出すかが大きなポイントとなるし、前作『リカ』はどちらかというと、その恐怖に重点を置いた作品だ。物語はごくごく平凡な家庭を持つ男が、ただ出来心から出会い系サイトに登録するところから始まる。そこで「いけそうだ」と思った女が「リカ」だった。よくいそうな人物がやらかす、よくありそう

な出来事である。

しかし、最初は普通っぽく思えたリカという女が、得体の知れない不気味な女、どこまでも追いかけてくる粘着質な恐ろしい女に変貌していくさまが、ページを糊で永遠に閉じたくなるほど気持ち悪い（大変失礼な表現で申し訳ありません）。不気味なエッセンスを積み重ね、たたみかけてきた先に、不穏さを水気がなくなるまで煮詰めたようなリカの風貌が描写される。声を上げそうになるシーンだ。嫌さのエッセンスが、生理的に目を背けたくなるような要素で構成されている手腕も凄《すご》い。そこからはもう恐怖で凍りついたように直立不動で先を読み進めるしかなくなってしまう。読まなければ恐怖が終わらないからだ。もっとも、読み終えたからといって、必ずしもキレイに恐怖と手を切ることができるかどうかはわからないのだが。

『リカ』では、ストーカーの恐怖と並行して、インターネットの怖さも描かれている。どこの誰とも知れない人物を相手に、なぜかたやすく自分のことを語ってしまったり、テキストだけのやりとりしかしていないのに、相手のことをすっかりわかったような気分になったりするコミュニケーションの危うさや、「自分だけは大丈夫」という理由のない無謀な安心感を、一度も感じたことのないネットユーザーはいないだろう。

いないだろうが、『リカ』が書かれた２００２年から13年経《た》ち、ＳＮＳが「やってるのが当たり前」ぐらいの感覚になるほど広まった今、それらの危機感を常にオンにしたまま生活をしている人もまた少ないという状況が生まれている。匿名でやっているＳＮＳでも、友人関係、会話の内容を吟味すれば、最寄駅ぐらいは素人でも簡単にあぶり出すことができたりする。より「ストーキングしやすい」状況になってしまった。おそらく、２００２年に読むより、今読むほうが怖いのではないだろうか。時代の流れで古びるどころか、現代の恐怖を先取りしていたといえる。それは『リカ』という作品が、当時すでに、ネット上のコミュニケーションの本質的な部分を衝《つ》いていたからだろう。警戒心や常識を持っていながらも、その警戒心を常にオンにしておくのは疲れるし、いったん親しみが生まれると驚くほど無防備になってしまう。

『リターン』が、『リカ』から11年の年月を経て書かれた、という事実を前提に読み始めたとき、私は最初、今作が書かれたのは『リカ』の後味があまりにも悪すぎたせいではないか、あの物語に、決着をつけてやりたいという思いが著者にあったのではないか、と思った。あれほど徹底的に悪意をむき出しにした作品を書いたことで、揺り戻しが来たというか、もう少しこの世は優しい世界であるということを描いて、責任を取ろうとしたのではないか、と思ったのである。

冒頭に『リカ』事件の捜査を担当し、重要な役割を果たした菅原刑事が登場し、その意志を継ぐ者として主人公の梅本尚美という刑事が、新しい登場人物として現れる。尚美はもともと『リカ』事件に因縁を感じてはいたものの、ある事件をきっかけに『リカ』事件への思いを新たにし、リカに立ち向かってゆく。勇敢でぶれない尚美の姿勢が光る、正義感に満ちた展開で、前作で強かった「恐怖」は控えめになり、刑事ものとして主人公の立場に肩入れしながら読み進めることができる。

なんていい人なんだろう、と思った。『リカ』を書いたあと、こんなに長い月日が経って、こんなふうに決着をつけようとするなんて、著者の五十嵐貴久氏はなんていい人なんだろう、と。しかし、その思いは最終的に裏切られることになる。そんな「いい人」な動機から書かれた本ではない。より強く、深く、静かな恐怖を。それを求めて書かれた続編である、というのが、読み終えたときの感想だ。書き手としては、自分の過去の作品を超えていこうという意欲のある、決して自分を甘やかさない素晴らしい書き手だとは思うが、「善良」という意味での「いい人」ではないな……と思わずにはいられない。いや、人柄は善良なのかもしれないが、書くものに対してだけは、徹底的に残酷になれる、というスイッチを持った方なのかもしれない。

前作とは雰囲気がガラリと変わった『リターン』だが、共通している部分もある。それは、読んでいて人物像や風景が映像で浮かんでくるところだ。なぜ映画化されていないのだろう？　と思うほど、文章に映像を喚起させる力がある。とてつもないモンスターストーカー・リカの存在が怖くてたまらないのは、「こんな女ありえない」と笑い飛ばせないからだ。もう、その姿が、今見てきたかのように脳裏に浮かんでしまうのである。

くどい説明や描写がなく、シンプルに削ぎ落とした文章で書かれているにもかかわらず、現実としてなかなか想像しづらい出来事がリアリティをもって迫ってくるのは、この「映像を立ち上がらせる文章」の力が大きい。

読者に共感を与える状況設定や人物像の力もある。前作の主人公は、平凡を絵に描いたような小心者のサラリーマンだ。その人間の小ささ、せこさのディテールには「こんな人、知ってる！」と言いたくなるし、そうした身近な人物だからこそ、彼が感じる非日常的な恐怖を、日常であり得るかもしれないものとして成り立たせることに成功している。

今作では主人公が女刑事で、平々凡々なキャラクターというわけではないが、やはりサラリと差し込まれるディテールの描写は巧みで、かつ、無駄がない。地名がはっきり書いてあるのに、今いる自分の家のすぐ近所で事件が起きているのではないか、という気持ちにさせられるのだ。

しかし、中でも凄いディテールは、リカのメールの文面である。主人公のディテールに「あるある！」「いるいるこんな人！」と共感できるのはいいのだが、リカのメールに「直で接したことはないけど、こういう文章書く人、いるよね……」と思ってしまうのは、黒板を爪で引っ掻《か》く音を聞かされているような、背中の皮膚の内側にびっしり鳥肌が立つような、ものすごくイーッとなる読書体験だった。

メールの文面は、完全におかしい文章ではない。破綻した文章というのとも違う。一応、途中まではコミュニケーションがかろうじて成立している文章なのだ。ただ、相手の言葉の中から、自分に都合のいい部分だけを拡大解釈し、都合の悪い部分は無視したり、自分に対する敵意を敏感すぎるほど敏感に察知して、異常に責め立ててきたりするだけで、言葉自体は「普通」の範疇《はんちゅう》に入る。

そして、リカと尚美が対峙《たいじ》し、会話することで引き出される言葉は、メールよりもさらに人間味を増している。今作でリカは「常軌を逸した異常なモンスター」でありながらも、その一方で「理解可能なモンスター」になってしまったのだ。

異常な行動、人道的には決して許せないと思える行動を取る人間に、共感してしまいそうになる。「その気持ち、わかる」と言ってしまいそうになる。それは、理解不能なモンスターに襲われる恐怖とは違う、自分の体内から苦い味の膿《うみ》が滲《にじ》み出してくるような、不快感と自己嫌悪を伴う新しい恐怖だった。

「もっと怖いことがある」。11年の時を経て、五十嵐氏はそう考えたのではないだろうか。

もっと怖いことを思いついてしまったから、書かずにはいられなかったのではないだろうか。

　みんなが、綺麗な感情だと思っているものが、実は綺麗だからこそ脇目も振らず直進しがちだということ、何も間違っていないと思い込みがちだからこそ一番怖いのだということを、トランプを裏返すように軽やかに見せてくれるのが、この作品である。多くの人が直面し、また、多くの作家が描くことに挑戦してきた普遍的なテーマが、恐怖と表裏一体に描き出されている。

　これを超える恐怖に、深みにたどり着いてしまったとき、この物語は、また違った形で描かれるのではないか。そんなことを予感させられる。こうしている間にも、新たな恐怖が足音を忍ばせて近づいてきているのではないか。そんな不穏な余韻が残る。

――ライター

この作品は二〇一三年六月小社より刊行されたものです。

リターン

五十嵐《いがらし》貴久《たかひさ》

平成27年11月5日　初版発行
平成31年2月20日　6版発行
発行人――石原正康
編集人――袖山満一子
発行所――株式会社幻冬舎
〒151-0051東京都渋谷区千駄ヶ谷4-9-7
電話　03(5411)6222(営業)
03(5411)6211(編集)
振替00120-8-767643
印刷・製本―図書印刷株式会社
装丁者――高橋雅之

幻冬舎文庫

ISBN978-4-344-42406-7　C0193　い-18-12

幻冬舎ホームページアドレス　http://www.gentosha.co.jp/
この本に関するご意見・ご感想をメールでお寄せいただく場合は、
comment@gentosha.co.jpまで。